書店ガール4

パンと就活

碧野 圭

PHP
文芸文庫

○本表紙デザイン＋ロゴ＝川上成夫

書店ガール4 ＊ 目次

本と本屋を愛するすべての人に。

書店ガール4

1

「ねえ、そこのお姉さん」

文芸書売り場の棚を整理していた高梨《たかなし》愛奈《まな》に、お客様が声を掛けてきた。五十代後半くらいの太めの女性で、紺色のゆったりしたチュニックで体の線を隠している。いままでお店で見掛けたことのない顔だ。

「はい、なんでしょうか」

「今朝のテレビで観た本が欲しいんだけど」

お客様はワイドショーのタイトルを上げた。

「司会者がすごく褒《ほ》めてたやつ、えっとなんていいましたっけ。ほら、あの」

「すみません、本のタイトルは覚えていらっしゃいますか？」

「それがねえ、この年になると忘れっぽくてね。さっきまで覚えていたんだけど」

テレビで紹介された本なら、当然書店員も知っているだろうと思われるお客様は多い。有名な「王様のブランチ」という情報番組のブックコーナーくらいは愛奈もチェックしているが、ふいに聞かれるタイトルの多くはそれ以外のものだ。ふつうのインタビューとかタレントの会話の中で突然書名が出たりすることもあるから、チェックの仕様がない。しかも、番組のタイトルは覚えていても、肝心の書名を忘れていたりうろ覚えだったりされることもよくある。そういう時、「書名を調べてから来てください」と言うのは正論だけど、親切なやり方ではない。お客様のあげる少ない手掛かりから正しい本を探し当てるのも、書店員に求められるサービスだ。

「一部だけでも、思い出せませんか？」

学生アルバイトの愛奈はそれほど商品知識があるわけではない。だから、タイトルをちゃんと言われないと、正しい本が出せるかはあまり自信がない。

「んー、そうねえ。何か、花壇とかそんな感じの……」

「花壇？　というと園芸の本か何かでしょうか？」

「そうじゃないわ。人の生き方について書かれた本で、いい言葉がいっぱい出てくるらしいんだけど」

「そうするとエッセイですか？」

「エッセイ？　よくわからないけど、そうなるかしら」

日頃はあまり本屋に足を運ばない人なのだろう。たまに来たのに、欲しい本がないと失望も大きい。それに、うちの書店は吉祥寺《きちじょうじ》一の品揃えだからあるに違いないと信じていらっしゃるのだろう。だからこそみつけなきゃ、と愛奈は思う。

ワイドショーで紹介されたのなら、マニアックなものではないだろう。最近のベストセラーに違いない。きっと私も知ってる本のはずだ。

「作者はどんな方なんですか？」

愛奈は質問の切り口を変えてみた。テレビでは、作家の経歴が面白いからと取り上げられることもある。

「えっと、どこかの女子大の先生で、尼さんだったと思う」

「ああ、それはもしかして」

尼さんという言葉にぴんときた。確か、人文コーナーで平積みになっているはずだ。

「もしかしたら、こちらではありませんか？」

愛奈が差し出した本を見て、お客様はぱっと顔を輝かせた。

「そうそう、これこれ」

やった、ビンゴだ。問題の本は渡辺和子《わたなべかずこ》の『置かれた場所で咲きなさい』。キリスト教系の学校の理事長が書いたエッセイだ。吉祥寺一の売り場面積を誇るここ新興堂《しんこうどう》書店でも、人文書の売上一位を記録している。

「あはは、『花壇』とは関係なかったわね。あなた、よくわかったわね」

「ありがとうございます。最近話題になった本で、尼さんではないですけど宗教関係の方の書かれた本といったら、これしかない、と思ったものですから」

　お客様の質問は書名当てクイズだ。少ないヒントから正しい書名を導き出す。自分の知識をフル動員させる。花壇と尼さんというヒントでは、難易度は上の方かもしれない。ちょっと自分を褒《ほ》めたい気分だ。

「さすが本屋さんね。助かったわ」

　お客様は見つけた本を抱えてレジに向かった。それを見送っていると、次のお客様が近づいてきた。

「あの、ちょっといいですか？」

　また主婦のようだが、鼈甲縁《べっこうぶち》のフレームの眼鏡が嫌味なく似合っている。年齢は五十代なかばくらい。レースの襟《えり》のついた白いブラウスにベージュのスカート、テレビを観るより読書が似合いそうな物静かな雰囲気だ。いままでも何度か売り場で本を探している姿を見た記憶がある。

「実はずっと探してる本があるんですけど、タイトルがわからないんです。あなたなら、答えてくださるかと思って」

　いまのお客とのやりとりを見て、できる書店員だと思われたのかもしれない。こそばゆいような、冷や汗が出るような感じだ。

「それはどんなお話なんですか？」

「子供の頃読んだものだからうろ覚えなんですけど、外国の女の子が主人公なの。物語の後半で怪我か病気で歩けなくなっちゃうっていうお話でした」

「女の子が歩けなくなる」

それだけだと漠然《ばくぜん》としている。難病ものだろうか。

「闘病ものじゃなくって成長ものっていうか、そんな感じのお話なんだけど」

「児童文学ですか？」

「ええ、たぶん」

「主人公の名前とかはわからないでしょうか？」

「それも忘れちゃって……」

「ほかに内容で覚えていらっしゃることはないですか？」

「えっと、おかあさんがいなくて、おばさんが出てくるんじゃなかったかと思うんだけど」

それだけのヒントでタイトルを当てるのはちょっと難しい。それに海外の児童文学は自分もそんなに詳しくはない。困っているのが顔に出たのか、

「そうよね、それだけじゃわからないわよね。四十年以上も前の本だし、もう売ってないかもしれないと思うの。この年になると親しい人が亡くなったりして、昔のことを振り返る機会も多いのよね。それで、無性《むしょう》に読みたくなったの。その昔病

気でしばらく入院することがあって、その時にすごく励まされた本だったから」

「そうなんですか」

「そのくせ、本のタイトルも何もかも思い出せない。昔は一度読んだ本の内容はしっかり覚えていることには自信があったのに。いやねえ、年を取るのは」

女性は口を弱々しく歪めて笑った。最初から無理を承知で言ってみた、という感じの笑顔だった。

「あの、少しお時間いただけますか。調べておきますので。店には児童文学に詳しい者もおりますから、次にお客様がいらっしゃる時までには確かめておきます」

愛奈は思わずそう口走った。失望したままこのお客様を帰すのは嫌だと思ったのだ。

「ありがとう。今日は火曜日ね。あなた、火曜日だったらお店にいるのかしら？」

「ええ、だいたい火曜と金曜の午後に来ています」

「じゃあ、また来週のいまぐらいの時間に来てみます。私、川西《かわにし》紗保《さほ》と申します。お手数ですけど、お願いね」

穏やかだが嬉しそうな声だった。

「たぶんそれはパレアナのことね」

愛奈の質問に、児童書売り場の責任者である白石佐知子《しらいしさちこ》はたちどころに答えた。四十代後半のベテラン書店員である。

「海外児童文学で、五十代の女性が知ってるような話で、主人公が足を悪くするって言ったらそれしかない、っていう感じ」

「おばさんも出てくるんですか？」

「もちろんよ。昔の海外児童文学って、なぜか親がいなくておばさんとか親戚の人に引き取られるパターンが多くてね。パレアナもそうだったはずよ」

「さすがですね。私は全然知りませんでした。パレアナっていうのがタイトルなんですか？」

「ごめんごめん、いまの正式タイトルは『少女ポリアンナ』。村岡花子《むらおかはなこ》の訳で育った世代はついパレアナと言っちゃうけど、いまはポリアンナの方が有名ね。アニメ化された時にポリアンナで訳されたから、そっちが広まっちゃった」

「パレアナは知りませんでしたけど『少女ポリアンナ』だったら、私にもわかります」

図書館の児童書コーナーには必ず常備されていた本だ。「少女」と声高《こわだか》に謳《うた》うところがなんとなく昔っぽい感じがしたので、自分は手に取ったことはない。

「アニメ化されたのはずいぶん前のことだけど、いまでも『ポリアンナ』は売り場には置いてあるよ。岩波少年文庫や偕成社だけでなく、最近ではつばさ文庫にも入っているから」

「ああ、残念。それを知っていたらすぐにご紹介できたのに」

「でも、そのお客様、児童書売り場には来なかったのかな？　こちらに来れば目に入ったかもしれないんだけど」

　白石が疑問を投げかける。確かに、子供の本を探すのなら、ふつうは文芸売り場でなく児童書売り場で探すだろう。

「あのお客様、急に思いついて私に話し掛けたという感じでしたから。それに、もしかしたら売り場で見掛けても、『ポリアンナ』という名前にはぴんとこなかったのかもしれません」

「ああ、それはありがちね。私だって、いまだにパレアナって言っちゃうくらいだもの」

「そうですね。次にお客様がいらした時にポリアンナじゃないか、聞いてみます。ありがとうございました」

　これでお客様に回答できる。「あなたならわかるかもしれない」と言われたのがちょっとプレッシャーになっていたので、愛奈は肩の荷をおろしたような気持ちになっていた。

「私もその本、読んでみます。何十年も経って読みたくなる本って、どんな本なのか興味あります」

「ああ、それはいいわ。優れた児童文学はどれでもそうだけど、これはおとながが読んでも面白い本だから。児童書だけでなく、確か角川文庫で完訳版が出ていたはずよ」

「じゃあ、それを探してみます。ありがとうございました」

白石の知識はさすがだ。自分もアルバイトを始めてからテレビの情報番組「王様のブランチ」や本の情報誌『ダ・ヴィンチ』や『本の雑誌』などをチェックして、新しい本の知識は増やすようにしているが、ちょっと古い本になるとあまり自信がない。児童書については、自分が読んでいた範囲でしか語れない。

自分の就業時間が終わったあと、検索機で『少女ポリアンナ』を探してみた。角川文庫の新訳版が一冊棚差しになっている。だが、ストックにはないようだ。ここで買ってしまってはお客様にお薦めできなくなる。自分の分は別の書店で買うことにしよう。

そうだ、帰りがけに駅ビルにある新刊書店に寄って、そこで働いている宮崎彩加《みやざきあやか》に挨拶していこう。どうせ買うなら友だちの店の方がいいし、月が替わったからまた何か新しいフェアをやっているかもしれない。それを見るのも楽しみだ。愛奈はそんなことを思っていた。

　駅ビルの新刊書店はいつも人でにぎわっている。坪数で言えば愛奈の働いている新興堂書店の半分以下だが、客の数は同じか、もっと多いくらいだ。会社帰りの人たちが立ち寄る時間なので、レジ前は七、八人ほど行列ができている。行列の先、レジの向こう側できびきびと働く彩加を認めたが、とても声を掛けられる状況ではなさそうだ。愛奈はレジ前を素通りして文庫棚の方へと進む。幸い『少女ポリアンナ』はすぐみつかった。一冊だけ棚差しになっている。奥付を見ると、新訳版が出たのはつい二年ほど前のことらしい。それを持ってレジ前の行列の最後尾につく。お客は最初一列に並び、自分の番になると四つあるうちの空いたレジの前に順番に進む。愛奈の番になった時、左端のレジにいた彩加の前が空いたので、そちらに進んだ。彩加はすぐに愛奈に気づき、にこっと微笑んだ。

「カバーはお掛けしますか？」

　彩加がすました声で話し掛けてくる。愛奈もふつうのお客様のように、きどった声で返事する。

「いいえ、いりません。袋もいりません」

　アルバイトを始めてから、カバーや袋にも経費が掛かると知ったので、本を買ってもらわないことにしている。微々《びび》たる額だが、お店の節約に協力しているつもりだ。

「ありがとうございます。お店を出られるまで、こちらのレシートをお持ちください」

そう言って、彩加は手早く商品とレシートを渡すと、

「あと十分でレジ上がるから、文庫売り場で待ってて」

と、愛奈にだけ聞こえるように囁《ささや》いた。

了解、と言うように愛奈は大きくうなずいて、そのまま列を離れた。

再び文庫売り場に戻ると、愛奈はゆっくり売り場を見渡した。人が多い時間なので、本の並びがあちこち歪んでいる。書店バイトの習性でついそれを直したくなるが、人の店なので手は出さないことにする。中央のフェア台に行く。内容を見てちょっとがっかりした。愛奈の店でもやっている、版元主導の女性向け選書フェアを大きく展開していたのだ。

この店オリジナルのフェアじゃないんだ。いつも面白いフェアをやっているから、楽しみにしていたんだけどな。

彩加はこの店の文庫担当だ。ほかとは違う独自のフェアをしたいと、いつも工夫を凝《こ》らしている。それを見るのはアルバイトをする参考になるというより、単純に

お客として楽しみだった。フェアを参考にして文庫を選ぶこともよくある。愛奈自身はフェアの選書を手掛けたことはないし、自分でできるとも思えなかった。

販元や取次が仕掛けるフェアは一般の人向けだから、自分にはちょっと物足りないな。ラインナップの中に、知らない本がほとんどない。

もっとも、その店のオリジナルのフェアか、版元や取次主導のフェアかの区別を意識するようになったのは、自分も書店でバイトするようになってからだ。印刷した帯やPOP《ポップ》を使っていること。フェア用の小冊子や景品が用意されていること。ラインナップの点数が多いこと。どこの店でも同じラインナップで展開していることなど、版元や取次主催のものはすぐわかる。店によっては、そういうフェアしかやらないところもある、というのも最近知ったことだ。

オリジナルのフェアを店でやろうとすると、本を選んだり、POPやフリーペーパーなどの宣伝素材も自前で用意しなければならない。選書した本をフェアのために多く仕入れるためには取次や版元と交渉しなければならないし、その手間に見合うだけの売上が立つかどうかは、やってみなければわからない。だが、フェアの効果は売上だけではない。その店の個性をいちばんよく見せられるのがオリジナルのフェアなのだ。いい本屋ほどいいフェアをやる。愛奈はそう思っていた。

東野圭吾《ひがしのけいご》の新刊を手に取ってぱらぱらと立ち読みしていると、彩加がやってきた。

「ごめんね、待たせちゃって」

「ううん、売り場を見ていたから平気」

本屋だったら、三十分や一時間は平気で時間を潰せる。誰かと待ち合わせをするのも、愛奈は本屋を選ぶことが多かった。

「ところで、さっきはなつかしい本を買っていたね」

「え、ああ『少女ポリアンナ』ね。読んだことある？」

彩加は愛奈より四歳年上だ。初めてできた年上の友人であり、書店員としても先輩だ。それで最初は敬語を使っていたが「気持ち悪いからやめて。友だちじゃない」と言われて以来、なるべくタメ語で話すようにしている。

「うん、ずいぶん昔。子供向けのポプラ社だったか偕成社だったかの単行本で読んだ覚えがある」

「実はこれ、お客様に聞かれたの。海外児童文学で、女の子が主人公で、足に怪我をする話を知らないかって。その場では答えられなかったのだけど、児童書担当に聞いたらこれを紹介されて」

「ああ、確かに条件は満たしているね」

「児童書担当が言うから間違いないとは思うけど、自分でも一応読んで確認しておこうと思ったの」

「それで、これを？」

「ええ」

「ああ、やっぱり愛奈って真面目だな。いい書店員になれると思うよ」

　彩加はやさしい目をして愛奈にほほえみかけた。

「いい書店員の条件っていろいろあるけど、一番大事なのはお客様の立場に立って考えられるかってことだもの。このフェアみたいに、お客様の潜在的な欲求を掘り起こすのも大事だけど、お客様が欲しがっている本を探してちゃんと手渡す、それが基本だもの。そこを大事にするって素晴らしいと思うわ」

　照れくさくなった愛奈は、

「褒め過ぎだよ、それは。私は学生だから時間があるだけだよ」

「いやいや、時間があってもなくても、そんなふうに丁寧な仕事ってなかなかできないよ。そういうとこ、愛奈のいいところだと思う」

「ありがとう」

「きっとお客様にも喜んでもらえるね」

「うん、だといいなあ」

　愛奈はお客様の喜ぶ顔を想像して、胸の中がほんのり温かくなるような思いがしていた。

「ところで、今月の二十日の夜、空いているかなあ」

「何曜日？」

「金曜日」

「先だからわからないけど、たぶん大丈夫だと思う。何かあるの？」

「恵比寿《えびす》で本のトークイベントがあるの。ほら前に話した、神戸の老舗《しにせ》書店がテーマなんだって」

「素敵。時間があえばぜひ行きたいな」

「じゃあ、ふたりで申し込んでもいいかな。もし行けなくなっても、キャンセル料は掛からないから」

「ぜひぜひ。楽しみにしてる」

「すみません、ちょっと聞きたいんですけど」

お客様が、ふたりの会話に割り込んできた。

「じゃあ、帰るね」

「あ、お疲れ様。来てくれてありがとう」

彩加はそれだけ言うとすぐに営業スマイルを浮かべ、

「はい、どういったことでしょうか？」

と、お客様の方に向き直った。愛奈はそのまま立ち去った。

2

宮崎彩加は書店員歴五年目。大学二年の時からこの店でアルバイトを始め、卒業後は契約社員として勤めている。この店で五年というのは古株の方だ。正社員はふたりしかおらず、アルバイトは入れ替わりが激しい。四人いる契約社員はその中間の待遇で、任される仕事は正社員並みだが、給料は安くボーナスもない。アルバイトの子たちは正社員も契約社員も等しく「社員さん」と呼ぶ。しかし、自分はむしろアルバイトに近いと彩加は思っている。

「石川《いしかわ》さん、私がいなくても、新刊はとりあえず出しておいてくださいね」

嫌味に響かないように、笑顔でさりげなく注意する。石川早苗《さなえ》は二十四歳の自分より二回り近くも年上の主婦アルバイトだ。

「あ、すみません、うっかり忘れてました」

屈託なく石川は返事する。ほんとにうっかりなのか、忘れたふりをしていたのか、その態度からはわからない。同じミスを注意するのはこれで何度目だろうか。しかし、母親ほどの年齢の人をきつく注意するのははばかられるので、それ以上言うこともできない。

社員でもアルバイトでもやる気のある人はいるが、やる気のない人はどうしようもない。石川はアルバイトだし、こちらが指示を出せばちゃんとやってくれるのでましな方だ。手に負えないのは無気力な正社員の方だ。

梱包《こんぽう》を解く手に力が入る。力任せに段ボールの上蓋《うわぶた》のガムテープを引きちぎる。

「ったく、あの野郎」

思い出し怒りだ。上司の日下部茂彦《くさかべしげひこ》に対する怒りが昨日からおさまらないのだ。日下部はこの店では店長の次に偉い。ふたりしかいない正社員のひとりなのだ。文芸・文庫は彼が責任者なので、彩加の直属の上司ということになる。一ヶ月前に提出した十月のフェアの企画書について、いつまでたっても返事がないのでどうなったのか昨日尋ねたところ、

「えっ、企画書？　なんのこと？　そんなのあったっけ？」

しれっとそう答える。そんなはずはない。三日も掛かって書いた企画書を、渡し忘れるわけがない。そもそも手渡した時に、

「いいね、おもしろそうな企画じゃない。店長と相談しておくよ」

と言ったのは、どこのどいつだ。思わず口から出そうになった罵倒《ばとう》の言葉を、ぎゅっと奥歯を噛みしめて、なんとか押し止《とど》めた。

気に入らないならそう言えばいい。だけど、この男は決して面と向かって否定的なことは口にしない。へらへらと害のなさそうな笑顔を浮かべているのでこちらの味方をしてくれるのかな、と思いきや、面倒なことには指一本動かそうとはしない。なんのかんのと口実を作っては、自分が何もやらないですむ方向へと話を持っていってしまう。あるいは、自分の記憶から綺麗に抹消してしまう。二年もつきあっていればそういう相手だとわかっているはずなのに、また引っ掛かってしまった。まさか、企画書を握りつぶされるとは思わなかった。

やる気クラッシャー。

彩加がひそかにつけた日下部のあだ名だ。事なかれ主義で、最低限の仕事しかしようとしない。そのテンションの低さだけでも彩加に言わせれば「罪」だ。正社員がそうだと、まわりのテンションまで下がってしまう。だが、日下部はそれに飽きたらず、自分の部下の前向きな提案をことごとく潰しに掛かるのだ。まわりが頑張ると、自分のやる気のなさが際立《きわだ》つ、それを恐れているのだろうか。

この業界、テンションを高く保つのは難しい。後ろ向きになる要因には事欠かない。油断していると簡単にマイナーなテンションに引っ張られる。つい愚痴《ぐち》を口にしたくなる。

でも、そうなったら負けだ。際限なく愚痴の海に溺れてしまう。ここにいるからには少しでも前進することを考えるべきだ。歯を食いしばっても。どうしてもそれができないと思うなら、黙ってこの場を去ればいいのだ。

それなのに、どうしてこんな男がここに居るのだろうか。ほんとに、あのへらへらした顔を見ているだけで虫唾《むしず》が走る。

今月だって、ほんとうは別のフェアを考えていた。取次のフェアは、平台《ひらだい》の方で場所を少し空けてやればいいだろうと思っていた。おつきあいの関係上やらないわけにはいかないが、大きく展開しても売上が立つとは思えない。こんなに大きく展開する意味がわからない。

まったく、日下部が楽をしたいから、このフェアをやることにしたんだろう。あるいは、私の提案したフェアが面倒なので、それを潰したかったのだろうか。

愛奈のところはいいな。

ふとうらやましくなる。愛奈の店には西岡理子《にしおかりこ》という傑出《けっしゅつ》した店長がいる。女性ながら大手の新興堂書店チェーンで東日本エリアのエリア・マネージャーも兼務している。現場の自主性を重んじてくれて、こういう作品を仕掛けたいとか、フェアをやりたいと言えば、まず拒まれることはないらしい。

そうだ、没になったフェア企画、いっそ愛奈に渡しちゃおうかな。

今回のフェアは自分ではかなり自信を持っていた。「これを読んだら、これも読め」というフェアタイトルで、誰もが知ってるベストセラーと、それと質の似た面白さの作品をあわせて紹介する、と言うものだ。たとえば百田尚樹《ひゃくたなおき》の『永遠の0《ゼロ》』と浅田次郎《あさだじろう》の『壬生義士伝《みぶぎしでん》』。人は何かの小説にすごく感動すると、同じような感動を与えてくれる小説を読みたがるものだ。『永遠の0』に感動した人は、日本人の自己犠牲とか美学とかを描いた物語を読みたいと思うだろう。もともと『永遠の0』は『壬生義士伝』のオマージュだと作家自身が言ってるくらいだし、描こうとするものが似ている。だから『壬生義士伝』はもっと読まれてもいいはずだ。

そこからベストセラーとのカップリングを考えた。湊《みなと》かなえの『告白』の意外性に匹敵《ひってき》するものはなんだろう。もちろんほかの湊作品でもいいが、それでは面白くない。最近出たばかりの『その女アレックス』と組み合わせたらどうかな。うん、それはいいかもしれない。徹夜読み必至の二転三転するストーリー。翻訳ものだけど、ストーリーテリングがうまいので、読みにくさを感じさせない。翻訳ものを読み慣れていない人にも自信を持ってお薦めできる。うん、いいぞ。

ほかのベストセラー作家、たとえば宮部《みやべ》みゆきは何がいいだろう。文庫の最新刊は『ソロモンの偽証』か。これは一応法廷ものだから、そこから探せばいいかな。法廷ものでは、その昔読んだ『推定無罪』がおもしろかったな。まだ文庫生きてるかしら。なければグリシャムの何かから選ぼうかな。

そんなふうにして、十パターンくらい考え、企画にまとめたのだ。彩加は翻訳ものを売りたいと思っているので、そちらもなるべく入れるようにした。『ダヴィンチ・コード』に『幕末維新の暗号』を組み合わせたのは、自分でもナイスだ思う。どっちも史実かどうか怪しいが、ミステリとしては面白い。共にフリーメーソンが絡んでくるし。

それなのに、日下部はちらっと眼を通しただけで、きっとゴミ箱にでも捨てたのだろう。どうせ自分がやるわけじゃないんだから、面倒なこともないだろうに。それとも、契約社員の私がそうやって企画を立てること自体気に入らないのだろうか。

こういう男でもやっていけるのは、正社員という立場と、この店が吉祥寺の駅ビルにあるという恵まれた立地にあるため、チェーン全体の中でも上位に入る売上を立てているからだ。売上の低い店ならば、正社員は本部からもっとプレッシャーを掛けられるだろう。

口に出すわけにはいかないので、彩加は頭の中で悪態《あくたい》をつく。ほんとに、こいつがいなければどれだけ仕事が楽になるだろうか。

正社員のいいところは異動があることだ。この店に来てもう三年目なのだから、そろそろ異動にいい頃だ。次の人事でどこかに行ってしまえ。

しかし、日下部がいなくなったからといって状況がよくなる保証はない。日下部の前任者はもっとひどかった。売り上げが目標額に達しないとミーティングで改善案を出せとか、反省をレポートに書けとか要求された。それも正社員だけじゃなく、契約社員の自分にまでそれを強《し》いていたのだ。現場だって一生懸命やっているのだ。うまく行かない理由を示せと言われたところで、それがわかるならとっくに行動に移している。役に立つとは思えないレポートなど書いても、精神的に消耗するばかりだった。

また乱暴にびりびりとガムテープを引っぱる。そして、べたっと段ボールに貼りつける。

こんな日に限って無駄に返品が多い。それも不愉快になる原因だ。

「ああ、びっくりした」

いっしょに作業していたパートの石川が声をあげた。

「どうしたんですか？」

「いえ、ちょっと目の錯覚で。これが『返品地獄《へんぴんじごく》』って読めたんです」

石川が手にしているのは、岩井志麻子《いわいしまこ》の『べっぴんぢごく』だ。彩加は噴き出した。

「石川さん、ナイスボケ」

「こんなふうに読めるなんて、仕事のし過ぎかしら」

石川は目を手でこする。老眼じゃないの、とは彩加もさすがに言えない。

「欲しい本ほど少なくて、どうでもいい本はたくさん送られてきますもんね。店頭に並ぶこともなく返品される本にとっては、たしかに返品地獄だわ」

まっさらの本を返品するのは胸が痛む。売り場で勝負させてもらうことなく倉庫に戻される本は気の毒だと彩加は思う。多くの場合、そのままお呼びが掛かることなく倉庫の隅に置き去りにされ、次にそこを出るのは断裁《だんさい》になる時なのだ。自分たちの作業は本に引導《いんどう》を渡しているに等しい。だけど、売り場の面積には限りがある。選別しないわけにはいかないのだ。しかし、石川の方はもっとドライだ。

「作業する私たちの方が、返品地獄ですよ。返しても返しても終わらない。地獄のルーティンワーク」

「確かにね」

再び彩加は笑った。おかげで少し気持ちが上向いた。石川はめんどくさがりなところもあるがほがらかだ。日下部と仕事するよりは何倍もました。

「宮崎さんいますか？」

学生バイトが、バックヤードの入口から中に向かって呼びかける。

「はい、いますけど」

段ボールの陰から彩加は顔を出して返事する。

「店長が話があるそうです。手が空いたら、事務所に来てくださいって」

「了解です」

店長が私に何の用だろう？　彩加は手早く段ボールの表書きを記入した。


「ああ、来たね。大事な話なので、そこに座って話そう」

店長の国定幹生《くにさだみきお》が事務所の隅に置かれたソファを指し示す。薄汚れて、カバーが黄色だか茶色だかわからなくなっているソファだ。普段は版元営業や取次の人、稀《まれ》に著者が来た時に使うもので、社員の打ち合わせで使われることは滅多《めった》にない。わざわざそこに座って話す重要案件ってなんだろう。

彩加がそこに座ると、店長と日下部が並んで向かい側に腰かけた。

しかも、社員揃い踏み。何か私、まずいことでもやったかな。

「そんなに緊張しなくてもいいよ。悪い話じゃない」

店長に言われて彩加は笑みを浮かべるが、顔が強張《こわば》るのは仕方ない。

「あのね、話というのは、きみをそろそろ正社員にどうか、と思ってるんだよ」

どきん、と胸が高鳴った。

正社員。

ずっとなりたいと望んでいた。ようやく自分にそのチャンスが来るのか。

金銭的なことや保険、年金のこともあるけど、仕事していて正社員じゃない、というのはどこか負い目がある。やることは変わらないし、給料だってそれほど高額でもない。正社員だって確たる保証があるわけじゃない。

それでも契約社員と正社員では、自分に対する誇りの持ち方が違ってくる。会社にとって自分は使い捨ての駒ではない、と思えるだろう。それにふとしたこと、たとえば人に自分のことを説明したり、何かの書類を書いたりする時、正社員でないことで抱える小さな鬱屈《うっくつ》からも解放されるに違いない。

「日下部くんとも話してね、君もそろそろ五年目だし、いろいろと頑張っているから昇格を考えてもいいんじゃないか、と」

日下部がそれに賛同していた？

ほんとだろうか。もしそうなら、実はいいやつ。自分は日下部のことを誤解していたかも。

「ありがとうございます。そう言っていただけると、ほんとに嬉しいです」

やだ、顔が緩む。この不況の折、まさかこんなに早く昇格の話が来るとは思っていなかった。契約社員はこの店にもほかにいる。自分より年長の人もいるから、そちらが先かと思っていたのに。

「じゃあ、下半期の十月から、昇格ということで申請を出してもいいかな」

「はい、お願いします」

「宮崎さんなら、きっといい仕事をすると思う。期待してるよ」

いつもなら皮肉かと思う日下部の言葉が、今日は素直に喜べる。そして、そう思える自分が嬉しい。

「じゃあ、そういうことで本部に申請出しておくよ」

「お願いします」

「それで、異動は十月一日ということになりますか」

日下部が店長に確認する。

「いや、もうちょっと後、十二月一日付《づけ》になるはずだ」

「えっ、どういうことなんですか？」

なんだか悪い予感がする。

「その、君も知ってるとおり、うちでは正社員の数は少ない。この店はチェーンでも力を入れてる店なので二人配属になっているが、三人では多すぎるって本部の判断なんだよ」

「それで」

「昇格直後で悪いんだが、来年二月にオープンする取手《とりで》店の方に回ってもらえないだろうか」

「取手って、茨城《いばらき》の?」

「うちもこのところ出店が続いただろ? だから、なかなか回せる人材が少なくてね。いきなりでたいへんだと思うが、君ならやれないことはないと思う」

だったら、日下部が行けばいいのに。まさか日下部が行きたくないから、私を社員にするわけじゃないだろうな。

日下部はいつものように薄ら笑いを浮かべていて、何を考えているか、よくわからない。

いや、それほどの権力があるわけじゃなし。ただの偶然だろうけど、それにしてはタイミングがよすぎる。

「それで、取手店はどなたが店長になるのでしょうか?」

「もちろん君だよ。取手店は君のほかに社員はいないんだから」

3

「うちのクラスの相田幸司《あいだこうじ》って知ってる? 彼、夏休みにK建設でインターンやったんだって」

どこで聞いてきたのか、平井梨香《ひらいりか》がみんなの前で新しい情報を開示した。

「すげえ、俺もそこ狙ってたんだけど、書類ではねられたよ。うちの学校で通るなんて、相田すごくね？」

友野裕也《とものゆうや》が手放しで賞賛する。午後一時を過ぎた学食は混雑のピークを過ぎ、十人程度座れる大テーブルに、愛奈たち四人しか座っていない。九月第一週なので、まだ夏休みから帰ってこない学生もいるのかもしれない。

「え、友野くんも希望出していたんだ」

どちらかと言えば、愛奈はそこに驚いた。就活なんてめんどくさい、と公言している友野なのに、ちゃんとやることはやっている。

「え、俺が出してたらヘン？」

「そういうことじゃなくて、えらいなあ、と思って。私なんか、最初っからK建設みたいな大手は無理と思ってあきらめてるもん」

あわてて愛奈は弁明する。友野の機嫌を損《そこ》ねたくない。

「だよな。いい度胸だ。相田ってオールAって噂のやつだろ？　それぐらいじゃないとあそこは無理だって」

佐々木峻也《ささきしゅんや》の発言は率直だ。友野とは昔からの友人なので、これくらいのことは言っても平気なのだろう。友野の反応を気にすることなく、淡々と自分の前のハヤシライスを口に運んでいる。肉よりもきのこの方が多いような代物《しろもの》だが、味は悪くない。ご飯がたくさん食べられるので、カレーに次いで男子に人気のあるメニューだ。

「だよなあ。オールAかぁ。いいわ、俺は自分の人間力に掛ける。面接の自己アピールなら、相田に負けない自信がある」

友野はハヤシライスの皿の縁《ふち》をスプーンで景気づけるように叩いた。プラスチックの皿はごつっと鈍い音を響かせた。

「えー、どこが？」

梨香がからかうように問う。馬鹿にしているようで、声にどこか甘い響きがある。自分とふたりでいるときには出さないような声音《こわね》だ、と愛奈は思う。

「俺、初対面の印象はいいんだぜ。ポジティブだし、行動的だし。バイトの面接とかでも落ちたことないし。相田ってどっか神経質っぽいじゃん。ああいうタイプは勉強できても面接ウケは悪いよ」

「ポジティブなのは確かだな。おまえのその成績で、オールAにも対抗できるって思ってるあたりは」

「るせー。なんとでも言え」

前向きな友野に、峻也がクールなツッコミを入れる。見慣れた光景だ。性格が反対だからなのか、ふたりは仲がいい。友野と梨香が飲み会で知りあってつきあうようになってから、友野の友人の峻也と梨香の友人の私の四人でいっしょにいることが多い。

『峻也はいまフリーなんだって。つきあっちゃえば』と梨香は言う。私が去年の冬に元彼と別れたことを知って、気遣ってくれるのだろう。だが、それもなんか安易だな、と思う。峻也は見た目は悪くないが、いつも冷静だし、ものごとを斜《しゃ》に構えて見ているみたいでなんとなく苦手だ。積極的な梨香の後ろからついていくような私のことは、冴えないやつと思っているだろう。

「ところで、梨香は夏休み、何かしてたの？」

「んー、二週間インターンに行って、そこの会社の人と仲良くなった。大手じゃないけど、いざとなったらそこを受けるかもしれないし」

「わー、すごい。それで、第一志望はどこなの？　やっぱり旅行代理店？」

梨香は休みになるとよくあちこち旅行をしている。高校時代から「将来は旅行会社に勤められたらいいなあ」と言っていた。

「ううん、そっちは考えていない」

「えっ、どうして？」

「いまの時代、旅行代理店ってすごくたいへんなんだって。これだけネットが普及するとﾞわざわざ旅行会社通さなくても、自分で予約とかできちゃうし。調べれば調べるほどたいへんだな、と思ったから」

「勝ち組負け組がはっきりしている業界だしね。いまでも志願者は多いけど、最大手にでも入らないと、たいへんだよ」

「わざわざ斜陽《しゃよう》産業を目指すことないよ。俺たちこれから四十年近く働かなきゃいけないのに」

友野に続き、峻也も旅行代理店をばっさり切って捨てる。斜陽産業。書店もきっと同じだと思われているんだろうな。

「ところで愛奈は夏休み、何してたの？」

「私？　特に何も。バイトしてたくらいかな」

「えっ、インターン、受けてないの？」

峻也が驚いたような声を発した。

「うん、冬休みには行くつもりだけど」

「余裕だなあ」

「そんなことないよ。受けようと思っていたところの募集の締め切りを勘違いして、書類を提出し損ねただけ」

嘘だった。まだインターンを受ける気になれなくて、応募さえしていないのだ。

「愛奈らしいなあ」

そう言ってみんなは笑う。私も恥ずかしそうに微笑《ほほえ》んでみせる。みんなは自分のことを「ちょっと天然」と思っているらしい。私も大学の友人たちの前では、意識してそのキャラを演じている。そちらの方がみんなに安心されるのだ。バイト先での積極的な自分とは全然違う。利害関係が少なく、いつでも辞めることのできるバイト先での方が、安心して自分を出すことができる。

「バイトって、相変わらず本屋でやってるの？」

「ええ、まあ」

「愛奈って変わってるな。どうせならもっと時給のいいバイトにすればいいのに」

あきれた、というような友野。友野は本などまったく読まないタイプだから、ふだんから本屋には近寄ることもしない。

「うちの書店はバイトでも本が一割引きで買えるんだよ。就活の参考書とか高いじゃない？　結構助かるよ」

「でもそれって一冊買って五十円とかそれくらいだろ？　もともとの時給が本屋より五十円以上高いところなんて、いくらでもあるよ。俺みたいに飲食関係だとまかないもついてくるから、一食分浮くんだぜ」

「あ、それは考えなかった。確かに本は食べられないよね。まかないのおいしいところにすればよかったかな」

「そこかよ」

私のずれた発言にみんなが笑う。私も照れ笑いをする。みんなが明るい気持ちになるなら、それもいいと思う。好きな本の話をしてもみんなには通じない。逆に根暗と思われて、引かれるだろう。だから、本好きであることをみんなに言う気はなかった。

「愛奈、まだ書店業界に就職したいと思ってるの？」

梨香が突然、鋭いところをついてくる。

「えっ、本気？」

友野も峻也もびっくりしたようにこちらに視線を向ける。しまった、と思った。一年くらい前にそんな話をしたことを、梨香はまだ覚えていたのか。

「どうしてもってわけじゃないけど、そういうのもいいなあ、と思っただけ。バイト先の人たちが、とても楽しそうだから」

そうやって否定する自分がちょっと嫌だ。だけど、説明してもどうせみんなはわかってくれない。

「だよね。書店業界こそ斜陽産業だしなあ。本なんてそのうち電子書籍に取って代わられるだろうから」

「全部ってことはないだろうけど、減っていくのは間違いない。それにネットショップがこれだけ便利になるとね。わざわざ本屋に行って本を買う必要もなくなってくるし」

男子ふたりに聞かされるまでもなく、自分でも考えていることだ。バイト先の先輩や上司を見ていると、いまの書店業界がどれだけたいへんか、あこがれだけじゃとても無理だというのが肌でわかる。

「だよね。書店で働きたい気持ちはあるけど、現実的には無理だと思う。まだ就活はじまったところだし、これからいろいろ考えるよ」

こんなこと言いたくはないけど、この場ではこう言うのが正解だろう。ここで本心を言っても仕方ないし、みんなもそれを期待してはいない。

「就活って長丁場《ながちょうば》だからさ、最初と最後では考え方が全然変わるってさ。いまはまだあこがれとか、なんとなくよさそうというレベルでとっかかりをみつければいいんだそうだ」

「友野、珍しくまっとうなこと言うな」

「って、これ先輩の受け売り。夏休みにOB訪問してさ、懇々《こんこん》とさとされちゃった」

「へえ、OB訪問したんだ」

愛奈はまたびっくりする。夏休みの間に、みんなは就活戦線のスタートを切っている。自分だけ乗り遅れている。愛奈は訪ねるようなOBやOGを知らないし、とてもできないだろう、と思う。

「そうそう、OG訪問って言えば昨日連絡が来て、I化粧品に勤めているサークルの先輩が会ってくれるって。愛奈もいっしょに行かない？」

梨香がいま思いついた、というように愛奈を誘う。

「えっ？　いいの？」

「うん、ほかの子連れてきてもいいって先輩言ってくれたし、わりと親しくしていた人なんで、食事をしながら話そうって言ってくれた。私も先輩と差向《さしむか》いでより、愛奈といっしょの方が気が楽だし。愛奈はまだOG訪問とかしてないんでしょ」

「ええ、まあ」

「だと思った。だったら行こうよ。きっとためになるよ」

「いつ？」

「今週の金曜日」

「金曜はバイトのシフトが入ってるんだけど……」

愛奈の気持ちは嬉しいが、なんとなく気が重い。化粧品会社は就職先として考えていなかった業界だ。化粧とかファッションに人並みな関心しかない自分には、こういう業界は合わないような気がする。

「そんなの、代わってもらえよ。ＯＧ訪問って貴重な体験じゃん。化粧品会社じゃなければ、俺もいっしょに行きたいくらいだ」

友野は行って当然という口ぶりだ。続いて梨香も、

「行くよね？　せっかくの機会だもん」と、念を押す。

「うん、ほかの人に代わってもらえないか、聞いてみるよ」

そう言って、愛奈は微笑む。

「じゃあ、五時四十分に渋谷の井《い》の頭《かしら》線の改札出たとこで。遅刻厳禁だよ」

当然行くもの、と梨香は決めてかかっている。シフトの代わりをみつけるのも、結構たいへんなのにな。

だけど、せっかくのチャンスなのに、行かない方が非常識なんだろう。梨香だって親切で誘ってくれているのはわかってるけど。

「ところで、ドイツ語の山中《やまなか》教授の話聞いた？　今年度いっぱいで大学辞めるんだって」

「うっそー。どうして？」

「その理由が傑作でさ……」

ＯＧ訪問の話はこれで終わったと思ったのか、梨香と友野は別の話題に移ってい

る。それに耳を傾けているふりをして、愛奈は小さく溜息を吐《つ》いた。ふと誰かの視線を感じて目を上げると、峻也がじっとこちらを見ている。眼鏡の奥に切れ長の目が見える。表情の読み取れないそのまなざしはまるでこちらの気持ちを見透《みす》かしているようだ。少し不愉快になって愛奈がじっと見返すと、峻也は目を逸《そ》らした。

4

「ただいま」

玄関で靴を脱ぎながら、彩加は奥のリビングに向かって声を掛けた。ドアの向こうのリビングからは誰かの話し声が聞こえている。また何人かで集まって酒盛りをしているのだろう。

「あ、彩加? ちょうど夜食作ったところ。よかったら食べに来ない?」

リビングから声がする。隣室の亜由美《あゆみ》の声だ。

「ありがとう。でも、今日は外で食べてきたから、遠慮する。また今度ねー」

「わかったー」

シェアハウスでは必要以上に干渉しない。嫌な時は嫌だと断る。それが長続きするコツだ。幸いここの住人はみんなそれがわかっているので、断っても嫌な顔はされない。そういうさばさばした関係が自分には合っている。

吉祥寺のシェアハウスと言えば聞こえがいいが、実は駅からは徒歩で二十五分のところにある木造一軒家。吉祥寺というより武蔵関《むさしせき》とか西武線の方が近いんじゃないかと思う。おかげで家賃は管理費光熱費込で五万円、という安さだ。住人はみないい人だし、一軒家だからちょっとした庭もあって住み心地がいいので、できるだけ長くここに居たいと思っていた。だが、職場が取手となったら、それも難しいだろう。

彩加は自分の部屋を開けて上着を脱ぐと、エアコンのスイッチを入れてそのまま倒れるようにベッドに寝転がる。四畳半の和室だが、どうしてもベッドを置きたくて部屋に絨毯《じゅうたん》を敷き詰め、洋間ふうにしている。年季の入った柱や梁《はり》と、絨毯にベッドはミスマッチだが、逆に洋館風なテイストを醸《かも》し出している、と彩加は思っている。

寝転がったままスマートフォンを取り出し、吉祥寺と取手の経路を調べた。常磐《じょうばん》線から快速を使えば一時間六分。

通えない距離ではないけど、やっぱり引っ越さなきゃいけないだろうな。新しい仕事となればエネルギーを消耗するから、東京のラッシュで無駄に疲労したくない。それに、中央線はよく停まるから、電車事故とかあって職場に辿《たど》りつけないいなんてことも、ないとは限らない。従業員も限られた人数しかいないだろうから、不意の欠勤は許されないだろう。

茨城なら家賃もずっと安いだろうし、もっと広いところに住めるだろうし。

しかし、茨城か。実家のある静岡とどっちが都会なんだろう。茨城なんて降りたこともないし、イメージがわかない。茨城と聞いて思い浮かぶのは嶽本《たけもと》野ばらの『下妻《しもつま》物語』の舞台だってことくらいだ。せめて千葉なら尊敬する書店員も何人かいるし、「酒飲み書店員の会」も確か千葉が拠点だったっけ。茨城の書店事情ってどうなんだろう。あんまり聞いたことないけど。

『下妻物語』では茨城はヤンキーの多いところだって書いてあったっけ。それって本当だろうか。フィクションだから誇張されてるんだろうけど。彩加は半身を起こしてベッドの脇のカラーボックスから『下妻物語』を取り出す。今の部屋は四畳半しかないし、本棚を置くと圧迫感があるので読み終わった本は段ボールに入れて実家に送り返している。本を置くのはこのカラーボックスの中だけ。それも本当に気に入ったものだけと決めている。『下妻物語』は彩加が生まれて初めて買った文庫なので、その中でも年季が入った一冊だ。

ぱらぱらめくって茨城の描写の部分を読んでみる。

本当の本当に驚いたのは、妙にヤンキーが多いことです。ヤンキーが多数棲息する尼崎というエリアで生まれ育った私がヤンキーの多さに驚くというのも変な話なのですが、ヤンキーのいでたちや行動が、どうも尼崎のヤンキーと下妻、もっといえば茨城のヤンキーとでは少し、というか大幅に違うのです。

ついそのまま読みふけってしまいそうになって、彩加は本を元のところに戻した。やっぱり「下妻」最高。だけど、いまはそっちに浸《ひた》っている場合じゃない。いちばん大きな問題は、茨城というよりいきなり店長ってこと。私に務まるかしら。

急な昇格は、私にその店を任せることと引き換えなんだな。うちの会社の場合、店長は社員に決まっているから。二月に開店、その準備からやれるというのは、書店員としたらやりがいはある。たとえ駅の改札を入ったすぐ脇の、いわゆる駅中書店でも。

坪数は七坪とかそれくらい。本のセレクションとかバイトの募集とか、そこからやることになるだろう。店長といってもその規模なら人も少なくてすむ。だから、管理もそれほどたいへんではないだろう。店舗に置けるのはベストセラーと雑誌、コミック、文庫だけ。キオスクのちょっと広がったくらいと考えればいいだろう。

坪効率をどう高めるかが一番の問題。文芸の仕掛け販売なんてできないだろう。それとも少しはそういう遊びも入れられるだろうか。

だけど、そうして頑張っても、五年も経てば異動になる。そうしたら、また一からやり直しだ。うちのチェーンは全国展開だから、九州とか東北とか全然縁のない場所に行かされることだってあるんだな。自分が契約社員の時は、邪魔な正社員が異動してくれるのはありがたいことだったけど、いざ自分がその立場になるとしんどいな。

頭の中ではぐるぐるといろんなことが駆け巡る。

と、いきなりスマートフォンから着信音が聞こえた。画面を見ると母からだった。

「もしもし」

『ああ、いきなり出たね。珍しい。いつもは何回鳴らしても出ないのに』

沼津《ぬまづ》にいる母の久美子《くみこ》の声だった。自分こそいきなり何を言い出すのだ、と彩加はむっときた。

「何の用？」

『あのさー、今度の休みの日にこっちに帰って来ない？』

「どうして？」

『前田《まえだ》の伯母さんがあんたに会いたがってるんだよ。東京の本屋でばりばりやってるあんたに、いろいろ相談したいんだって』

「前田の伯母さん、どうしてる？　伯父さん亡くなって気落ちしてない？」

前田の伯母さんというのは母の実の姉紀久子《きくこ》のことである。実家の近くの沼津の古い商店街で書店を営《いとな》んでいる。彩加が本好きになったのも、伯母の影響は大きい。

『それは大丈夫だけど、店の方がたいへんらしいよ、アルバイト雇って頑張ってるけど、配達とか、商工会の付き合いとかいろいろあるから』

「だよね。伯父さん、人付き合いもよかったし、商工会の会長もしていたんだったっけ」

つい半年前の葬儀のことを思い出す。葬式は自宅で行い、終わった後そのまま飲み会になった。そこでどれほど伯父がまわりの人に慕《した》われていたかを知らされた。車座になった二十人以上の弔問客《ちょうもんきゃく》がそれぞれ思い出話を口にする。中には感極《かんきわ》まって泣き出す人もいた。

「沙織《さおり》ちゃんも心配して、店を畳んでこっちに来ない、と言ってくれてるらしいんだけど」

沙織というのは、ひとつ年上の従姉妹《いとこ》のことだ。隣町に住んでいて親同士がしょっちゅう行き来していたから、子供の頃は姉妹みたいに仲良くしていた。大学卒業後、ワーキングホリデーでオーストラリアに行き、そこで知り合った現地の男性と結婚してしまった。沼津から外国に嫁いだということで、しばらく近所ではその噂でもちきりだった。

「オーストラリアねえ。それもいいけど、伯母さんはずっと働いてきた人でしょ。暇を持て余すんじゃないの？」

「沙織ちゃん、働きながら子育てしてるから、なかなかたいへんらしいわ。それで、おかあさんに孫の面倒みてもらいたいんだって。孫のためって思うと、姉さんも心が動くらしいんだけどね」

「そうなると店はどうするの？　閉めてしまうの？」

伯父さんが亡くなった後、閉店も考えたらしい。だが、運よく手伝ってくれる人もみつかったので、やれるところまでやる、と伯母さんは言っていた。彩加にとっても思い出がある店なので、それを聞いて嬉しかった。

だけど、やっぱり男手がなくては無理なのだろうか。

『うん、それも考えたらしいけどね。ほかの商店街の人たちがねえ、できれば辞めないでほしいと言ってるんだって。商店街として、本屋とか文房具屋とかおもちゃ屋があるっていうのは大事なことらしいんだわ。子供が来る店だからね。子供が来るところには親も来るし、それがあるとないとじゃ商店街としての戦力が弱まるらしいよ』

「まあ、そうだよね。もし店を閉めたら、次にどんな人が借り手につくか、わからないもんね」

そういえば、伯母さんの店の隣も、長いことシャッターが下りたままだ。その後、借り手はみつかったのだろうか。

『で、伯母さん、あんたに相談に乗ってほしいんだって』

「私に？　何を？」

『前田書店を改装したいんだって。なんか、若い人にもうけるような店にしたいんだってさ』

「そんなの、駄目だよ。あの店はあのままがいいんだから。下手に若者に媚《こ》びたことをやると、逆に嫌われるよ。いまの若者はそういうとこ、敏感だから」

あの店に手を入れる。それは妙に腹立たしい。彩加にとっても幼い頃からの思い出のある場所だけに、昔のままであってほしい、と願っているのだ。

『だったら、あんたが戻ってきて、手伝ってくれたらいいじゃない』

「えっ、私が？」

『あの店、姉さんの後は誰も継ぐ人はおらんし、あんたが継いでくれるなら、それでもいいと言っていたよ』

「そんなこと、私がいない時に、勝手に話さないでよ」

苛《いら》立《だ》って、思わず大声が出た。

『とにかく、一度こっちに帰っておいでよ。あんた、お盆にも帰ってこなかったでしょう。みんな待ってるよ』

やれやれ、と彩加は思う。異動の話だけで頭の中はいっぱいなのに、なんてことだろう。伯母さんの店まで心配しなきゃいけないなんて。

「近いうちに帰るわ。私も報告することがあるし」

正社員になる。ちゃんと辞令が出たら、直接会って報告しよう。自分が正社員になれないことを、母はずっと心配していたのだから。

『そう、じゃあ待ってるからね』

電話の向こうの母の声は嬉しそうだ。その声があまりに明るかったので、もしかして私を帰省させたいために、伯母さんの話を持ち出したんじゃないだろうな。

そんな疑念を抱きながら、彩加は電話を切った。

5

「えっ、その格好で行くの？」

待ち合わせ場所に三分遅れで着くと、先に来ていた梨香に驚いたような声を出された。

「まずいかな」

大学の先輩に会うならちゃんとした格好をしていきなさい、と親にも言われ、ベージュピンクのツイード素材のワンピースを選んだ。肩部分にレースのあしらいがあるほかは飾りもなく、胸元で切り替えがあって膝丈《ひざたけ》スカートというシンプルなデザインだ。茶色のハイヒールとそれに合わせた小ぶりのハンドバック。親戚の伯母さんたちにはとても評判のいいスタイルである。

「まずくはないけど、それならジャケットがあった方がよかったかも。その方が就活生らしいでしょ」

梨香は愛奈を傷つけないように、やわらかく言い直した。

そう言う梨香の方は完璧なリクルートスタイルだ。黒のスーツに、歩きやすさ本位の黒の幅広パンプス。肩から提《さ》げているのはA4のファイルが入る大きさの黒のショルダーバッグ。どこかの企業面接の帰りみたいだ。それに、紙袋をひとつ提げている。

そうか、たとえサークルの先輩であっても、OG訪問の時はスーツじゃないとダメだったのか。失敗した。

目的の相手に会う前から、愛奈は縮みあがるような思いだった。化粧品会社の人に会うのだから、と母が手伝ってくれてきっちりメイクをしてきたが、梨香の方はすっきりしたナチュラルメイクである。化粧もやりすぎだったかも。アイラインはやめておけばよかった、と後悔するが後の祭りだ。

「あ、そうだ。これ、先輩に手土産を買っておいたんだけど、割り勘にしてもいいよね」

梨香が紙袋を愛奈によく見えるように肩の高さに掲げる。紙袋には高級スイーツ店のロゴが入っている。

「え、ええ、もちろん。ごめんね、私の方は気が利かなくって」

「いいよ、愛奈は気が回らないだろうってことは計算済み。だてに長年つきあってるわけじゃないから」

確かにそのとおりだ。高校時代からいつも仕切るのは梨香の方。自分はそんな梨香の後をおっかなびっくりついていくのだ。梨香の先輩に会う前からすでに自分の勝負は終わった気がした。ＴＰＯをわきまえない自分は、ＯＧ訪問でもまともに相手をしてもらえないだろう。

先輩が指定してきた待ち合わせのお店は、渋谷の東急の裏手の方にあり、駅からはかなり距離がある。慣れないハイヒールで長く歩いたので、靴擦《くつず》れで足が痛くなった。だけど、それを口にすると「そんな靴で来るから」と言われそうな気がしたので、平気なふりをして歩き続けた。リクルートパンプスを履《は》いている梨香は、平気な顔をしてどんどん先を行く。足が痛くてこれ以上やせ我慢できそうにない、と思った時「この店だわ」と梨香が告げた。お店というよりは普通の住宅に見える。白いペンキ塗りの扉や窓枠が印象的な平屋《ひらや》の一戸建てだ。その日のメニューを小さな黒板に書いてエントランスに飾られた木の椅子の上に載せていなければ、店だと気付かず通り過ぎてしまうだろう。黒板に書かれた値段はそれほど高くはなかったが、木の扉やカーテンの掛かった窓からは中の様子を見ることができないので一見《いちげん》の客は入りにくい。学生はよりつかないタイプのお店だ。

扉を開けると、木の床板と白い壁、ところどころに置いた観葉植物の緑が目に飛び込んできた。テーブルクロスもカーテンも食器もすべて白で統一された清潔そうな店内は、まだ六時を過ぎたばかりなのにほぼ満席だ。予約の名前を告げると、すぐに奥のテーブルに通された。

「先輩は六時半頃になるらしいわ」

梨香はそう言って、オーダーを取りに来たウエイターに「もう一人来ますので、その後で」と言って断った。まだ三十分近くあるのにお店の人に悪くないかな、と思うが、連れられてきている身なので黙っている。

梨香はバッグからA4のファイルとノートを取り出した。

「それはなんのファイル?」

「先輩の会社についての情報をネットで検索してプリントアウトしておいたの」

「へー、すごいね」

「これくらい常識だよ。せっかく会ってもらうんだから、有意義な時間にしないと。ところで、質問とか考えてきた?」

梨香がいつになく強い視線で愛奈の顔を見る。

「ん、まあちょっとなら」

「どんなこと?」

「えっと……就活のとき、どんな準備をされたのですか、とか」

梨香が神経質そうにまばたきした。ちょっとありきたりすぎる質問だっただろうか。もうちょっと変わった質問がよかっただろうか、と思って、

「女性の多い会社ですが、女性に対する待遇はどうなんでしょうか、とか」

と言ってみる。今度はやれやれというように梨香は愛奈の顔から視線を外した。

「あんまりまとまっていないのね」

「ごめん」

「じゃあ、私の方が積極的に質問するから、あなたは後で足りなかったことや気づいたことを補足して。でも、沈黙してちゃダメだよ」

「うん」

そう答えたものの、どぎまぎしている。梨香みたいにちゃんと準備してきたわけじゃない、付《つ》け焼刃《やきば》の自分にどれだけ正しく質問できるだろうか。

「はい、資料。先輩が来るまでにざっと目を通しておいて」

梨香がファイルを貸してくれた。

「ありがとう」

梨香はノートを開いて、何やら書きとめている。横目でのぞきこむと質問を考えているらしい。まいったな、と思う。心構えが全然違う。梨香の方は真剣に準備しているのに、梨香の先輩ということで気楽に考えていて何もやってこなかった。自分は全然甘い。すでに自分は就活に出遅れている。ファイルをまじめに読もうとするが、あまり内容は頭に入ってこない。動揺して集中力を欠いている。梨香は自分の作業に没頭《ぼっとう》している。そうしているうちに、先輩がようやく姿を現した。

「遅くなってごめんなさい。帰ろうとしたら、課長に急な仕事を頼まれちゃって」

ショートカットでナチュラルメイク、女性的であるより活動的なことが第一という感じで、グレーのパンツスーツを気負いなく着こなしている。仕事ができる女性オーラ全開だ。化粧品会社の人ということで、もっと女らしさを前面に出した人を想像していたので、愛奈は少しとまどった。

先輩の姿を見て、梨香はさっと席を立った。つられて愛奈も席を立つ。

「お忙しいところ、わざわざ私たちのためにお時間取ってくださってありがとうございます。こちらは、同じ英文科の高梨愛奈です」

「高梨です。よろしくお願いします」

「岩井《いわい》遥《はるか》です。よろしく」

岩井は人懐っこい笑顔を浮かべた。ワンピースで来たことを咎《とが》めることもなく、見ず知らずの大学の後輩を歓迎しようという温かい気持ちが滲《にじ》み出ている。緊張していた愛奈はそれを見て少し落ち着いた。

「あら、まだ何も注文していなかったの?」

「はい。先輩がいらしてからと思って」

「おなかすいたでしょう。とりあえず注文しましょう」

とりあえずのビールで乾杯して、前菜やパスタ、ピザなどを注文する。先輩は気持ちよく飲み食いし、愛奈たちにも上手に勧めるので、ふたりもだんだんくつろいできた。大学の話とかサークルの話でしばらく盛り上がったあと、梨香が質問に入っていく。

「先輩は、いつごろから就活を始めたんですか？」

「そうねえ、気持ちだけは三年になった頃からかな。新学期になってからなんとなくみんな浮き足立ってたし、キャリアセミナーのことも話題にのぼるようになったから。それで自分もセミナーに参加したり、少しは企業訪問もしたりして。だけど本腰入れたのは三年の九月かな。休みが明けたらみんなの雰囲気が変わっていて、これはやばい、と思ったの。企業に内々定をもらった人もいるって噂も聞いたし」

「えっ、そうなんですか。それは意外。先輩ならもっと早く始められたのかと思った」

「でしょ。いまより就職解禁が早かったのに、ずいぶん気楽な話でしょ。なんとかなるだろうと楽観的に構えて、あとからあわてるタイプ」

「えー、そんなふうには全然見えません」

「だってね、就活始めたばかりの頃、私まだガラケーだったんだよ」

先輩は自虐的《じぎゃくてき》な調子で言うが、愛奈にはそれが意味するところがわからない。

「それで何か不都合でも？」

愛奈が質問すると、梨香が呆《あき》れたように、

「企業説明会とか、告知が出たらすぐに申し込みしないと枠《わく》がいっぱいになっちゃうから、就活生がスマートフォンを持ち歩くのは常識じゃない」

「そうなの？」

「そうよ。説明会に出ないとエントリーシートももらえないし、常にアンテナ張ってないといけないのよ」

梨香の剣幕《けんまく》を和《やわ》らげるように、岩井も笑いながら補足する。

「私も高梨さんと同じで、最初はそういうことさえ知らなかったの。マニュアル本のひとつも読んでなかったのよね」

それからひとしきり岩井の就活談義に花が咲いた。最初はなんとなくマスコミと考えていたが、いっしょに受験した人たちの必死さにとてもかなわないと思ったこと。五十社以上落とされ続けて、だんだん自信を失っていったこと。精神的に追い詰められて体重も五キロ減り、最終的には自分を採《と》ってくれるとこならどこでもいいと思ったこと……。

シビアな話をしながらも、岩井は旺盛《おうせい》な食欲で料理を平らげていく。遠慮というよりも先輩の就活の話の厳しさに圧倒されて、梨香も愛奈も食べることを忘れていた。

「いまの会社に内定をもらった時は、文字通り泣けたわ。でも、頑張った甲斐《かい》はあったと思う。第一希望ではなかったけど、興味のある職種だったし、女性の活躍を支援する会社だから長く勤められると思うし。だから、私の場合結果オーライ」

「やっぱり……たいへんなんですね」

「何が辛いっていうと、ひとつ落とされるたびに自分が否定されるような気持ちになるのよね。街を歩くと道行く人たちはみんな会社に所属しているのに、自分だけどこにも属せない、必要とされない人間になるんじゃないかって、すごい辛かった」

　梨香も愛奈も何も言えない。

　自分がどこにも必要とされない人間、社会のどこにも居場所がない人間になるというのは、考えただけでも恐ろしい。お金のことよりも何よりも、それだけは避けたいと思う。

「でもまあ心配しないで。自分だけじゃない、みんな一度はそういう気持ちになるらしいから。大事なのはそこでめげないこと。落とされたのはその会社に縁がなかっただけ、と割り切ることよ」

「はい」

　ふたりは返事するが、声に力がない。

「それから、どうしてもこの会社じゃなきゃ、とか、この職種じゃなきゃ、と固執《こしつ》しすぎないことも大事だと思う。友だちの中にはどうしてもマスコミじゃなきゃ、と言って留年した子もいるけど、そこまでしても翌年受かるとは限らないし、受かっても希望の部署に行けるとは限らないし。それに学生時代に考える仕事の内容と実際ではかなり違うものだしね」

「岩井さんもそうでしたか？」

「最初はコピー取りばかりやらされたの。それでちょっとへこんだりもしたけど、考えてみれば昨日まで学生だった私が、できることはそんなにない。私はマーケティング部に所属しているけど、商品情報を分析したり、売上の動向を調べたり、そこから次にどんな戦略を練ったらいいかを考えたりなんてすぐにできるわけがない。コピー取りしながら、先輩がどんなことをやっているか観察したり、書類の中身を熟読したりして、仕事に慣れていくところから始めなきゃいけないのよね。最近になって、ようやく責任のある仕事も任されるようになってきたの。だから、これからが本当の勝負かな、って思ってる」

「そうなんですね」

入社できたらそこがゴールのような気がするが、入社したらそこから新しい人生が始まる。ゴールと思ったらスタート。大学受験もそうだった。就職も、結婚も、きっとそうなのだろう。人は何度ゴールをくぐれば安穏《あんのん》とした人生を手にできるのだろうか。それとも、ゴールの先なんてものは存在しないのだろうか。

「いまにして思えば、就活っていうのは自分のことをちゃんと見極めるいい機会だったな、と思う。あこがれだけじゃだめ。自分がどんな人間で、何を武器に社会に参加していくか、ほんとうに考えたもの」

「それで、どうだったのですか？」

　愛奈は思わず口を挟んだ。「何が自分の武器だと思われたのですか？」

「些細なことよ。追い込まれたら強いとか、集中力があるとか。意外に真面目だとか、見栄っ張りとか」

「そういうところも武器なんですか？」

「まあね。いい恰好したいから頑張る。友だちにもよく思われたいから弱音は吐かないっていうのも、考えたら武器だなあって。そうそう、笑顔がいいって言われることも武器なんだなって」

「はあ」

「そんなふうに自己肯定すること。ある時それに気づいたの。会社が自分を否定しても、自分自身は自分を肯定しなきゃって。自分で自分のことをマイナスに考えていたら、それは相手にも伝わる。そういう人間を誰も欲しがらないだろうって」

「ああ、そういうことなんですね」

　それはちょっとわかる。自信がなくおどおどしているときは、なんだってきっとうまくいかない。自分が好きで、自信に満ちているときの方がまわりもよく思ってくれる。

「試験に落とされたのは自分が悪いんじゃない、相性が合わなかったか、相手に見る目がなかったんだ。そう開き直れたから、結果が出せたんだと思う」

「私たちも、そんなふうになれるように頑張ります」

梨香は力強く宣言する。愛奈はそこまでストレートな表現をすることに戸惑い、何も言えなかった。

「それで、実際にうまくいった面接ではどんなふうなやりとりがあったのですか？　その辺を教えていただけませんか？」

梨香はメモを片手に前のめりになっている。これからが本当に聞きたいことなのだろう。愛奈も同様にメモを開き、岩井の言葉を書きとめる準備をした。


「ただいま」

先輩とは食事だけで別れたが、その後梨香と喫茶店で反省会をしていたため、愛奈が帰宅したのは十二時をまわっていた。

「あ、おかえり」

母の祐子《ゆうこ》はソファに座って何かを読んでいたが、我に返ったように目を上げて愛奈に返事した。寝巻きの上にフリースのジャケットを着込んで、厚手の室内穿《ば》きをはいている。化粧も落としているし、いつでも寝られる準備は整っている。

「まだ起きていたの？　待っていなくてもよかったのに」

「うん、そのつもりだったけど、これ読み始めたら止まらなくて」

母は手に持っていた本のカバーを外して、その表紙を愛奈に見せた。『その女アレックス』というタイトルが読みとれた。

「ああ、それね。評判いいみたいだね。うちでもよく売れてるよ」

「おもしろいよ。読みだしたら先が気になって止まらない。翻訳ものでは、『ダヴィンチ・コード』以来の興奮」

「ふーん、私も読んでみようかな」

愛奈はコートを脱ぎながら返事した。ミステリ好きの母が言うのだから、きっとほんとに面白いのだろう。愛奈は母ほどミステリの熱心な読者というわけではないが、母が薦めるものは読むことにしている。

「うん、これはおすすめ。読み終わったらまわすよ。私も、明日には読み終わると思うし」

「そんなに急がなくても大丈夫。いま読んでるのが、もうちょっとかかると思うから」

「愛奈は何を読んでるの？」

「いまはね、宮部みゆきの『あかんべえ』。文庫の新刊で出ていたから、買ってみた。やっぱりおもしろいよ」

「それ私も買おうかと思ったけど、愛奈が買うかもと思ってやめたの。やっぱり正解だね」

愛奈の家では家族三人みな本好きだ。読んで面白かった本を紹介し合う。お互いの好みをよく知っているので、誰に薦められるよりはずれがない。愛奈にとっては、父と母がいちばんの読書仲間だった。

「ところでパパは？ また出張？」

「言ってなかったっけ？ 今週から広島だって」

「そう、たいへんね」

数年前に部署が変わってから、父の慶一《けいいち》は出張が増えた。一度行くとひと月ふた月行ったきりになる。父が不在の日は、母はこうして夜遅くまで起きて読書することが増えた。寂しさを紛《まぎ》らわせるためか、家事が手を抜けるからなのか、たぶんその両方なのだろう。

「お茶でも淹《い》れる？」

「梨香と帰りに喫茶店に寄ったから大丈夫」

「それで、ＯＧ訪問はどうだったの？」

「いい人だったよ。自分の経験からいろんなアドバイスをくれたので参考になった」

「それはよかった。愛奈も頑張れそう？」

「ん、まあね」

先輩と別れた後、梨香に軽くダメ出しされた。準備不足。先輩には甘いと見られたかも、と。実はそう思っているのは先輩ではなく梨香自身だ。せっかく連れてきてあげたのに、という梨香の想いを感じて、いたたまれない気持ちになった。

「今日はもう疲れたから、寝るよ。お風呂沸いてる？」

「もちろん。すぐ入れるよ」

そう言ってリビングを出ようとしたところで、ふと愛奈は振り返った。

「ところで、おかあさんが就活の頃はどうやっていたの？」

「えっ、何を突然？」

「ん、なんとなくどうだったのかな、と思って」

愛奈が真面目に聞きたがっていることを察したのか、母は微笑んだ。

「そうねえ。昔はもっと単純だったから、あんまり考えなかったなあ。学校に来る求人情報が就職課にずらっと貼り出されるの。その中からよさそうなところをいくつか受ければ、どこかには引っ掛かるって感じ。大企業の場合は学校推薦が必要だったけど、それさえ取れていれば、まず落ちることはなかったわね」

「なんか、すごい簡単に聞こえるね」

「うちの短大は就職に強かったのよ。みんなそこそこいいところに勤めている」

「へーえ、そうなんだ」

「短大と言っても、へたな四年生大学より偏差値は高かったんだからね。マイナーな国立大には勝ってたんだよ」

母は自慢げにちょっと顎《あご》をつきだした。母の出身校は英語教育に定評のある有名私大の系列の短大だ。昔は倍率も高かったというが、時代の波には逆らえず年々規模を縮小している。廃校も時間の問題らしい。

「だけど、ママの友だちで働き続けている人って少ないよね」

「そういう時代だったからね。短大出だとお茶くみとかコピー取りみたいな補佐的な仕事しかやらせてもらえなかったし、職場の花と言われているうちに結婚退職するのが理想だったのよ」

「じゃあ、ママもずっと働こうとは思わなかったの？」

「まあね」

「どうして？」

「だって、たいへんだもの。当時は一生懸命働いたところで男の人より給料は安いし、なかなか出世もできないし。男女雇用機会均等法ができた直後だったけど、世間の意識がそう簡単に変わるわけないじゃない。公務員とか教師でもない限り、女性が長く働くのは難しいと思ってたのよ」

「じゃあ、最初から専業主婦を希望していたってこと？」

「希望というか、当然そうなるんだろうと思ってた。結婚して家に入るのが一般的な女性の生き方だったし、それ以外はあまり考えたことなかった。当時もキャリアウーマンがもてはやされたりはしていたけど、よほど優秀で強い意志を持った人じゃないと家庭との両立は無理だと思ったし」

専業主婦が一般的な生き方。

それはすごく優雅に聞こえる。母の時代はバブルがあったりしたから、それだけ社会にゆとりがあったのだろうか。

いまはみんなが結婚できるわけじゃないし、結婚してもお金のために仕事を辞められないことも多いらしい。

「いい時代だったんだね」

「どうかな。働く意思のある女性にはいまより厳しかったと思う。女性を下に見る風潮はもっと強かったし、セクハラなんかも多かったし。私のように最初からお茶くみでいいやと割り切っていれば、それなりに会社も居心地よかったけど」

「お茶くみで正社員っていうのがすごいよね。いまはそういう仕事はきっと派遣社員がやるんだよ」

「昔は派遣なんてなかったもの。みんな正社員だったし、リストラとか転職なんてよほどのことがなければやらなかったし、男の人は定年までひとつの会社で勤め上げるのがふつうだった。だから、会社の方も雇った社員をもっと大事にしていたわね。若い人を育てようとしていたし、社員旅行とか会社の運動会とかもふつうにあって、もっと家族的だったし」

「なんか昭和って感じ。会社が家族的なんて」

社員旅行とか運動会はちょっとめんどくさいと思うが、それができるくらい大きなところに所属していられるのはすごく安心だろう。「大船に乗った気持ち」って、そういう状態のことなんだろうな。

「そうね。昔もたいへんなことはいろいろあったし、携帯電話もなくて不便だったけど、のんびりはしていたよ。私みたいにほどほどでいいや、って思う人間には生きやすい時代だったな」

「私もママの時代に生まれればよかったな」

その頃なら、書店で就職するのもいまより簡単だっただろう。もっと本が売れていたし、社員も多かったそうだ。

「そう言わないで。昔と違っていまの女性はいろいろ選べるんだから。専業主婦以外の可能性はずっと広がっている。あなたらしい働き方がきっとあると思うわ」

可能性という言葉はときに残酷に聞こえる。もっと高いところを目指せ、もっとよりよいものを見つけろ。そんなプレッシャーとセットになっているからだ。

可能性という言葉に光を感じられるのは、そんなあいまいなものに縋《すが》らなくても平気な人たちだけだ。若いというだけで可能性に満ちていると賛美される自分たちは、その言葉に背中を押され、だけどそれ以外何も持っていないという現実に立ちすくむ。

「明日、早いからそろそろお風呂に入るわ」

母との会話を切り上げたくて、愛奈は話を変える。

「明日は一限からなの？」

「うん。七時半になっても起きてこなかったら、念のために声掛けてね」

「わかった。私も休むわ。おやすみなさい」

母は読みかけの本を抱えて寝室へ入っていった。今晩中に最後まで読んでしまうのかもしれない。私の方も、ゲラを二つほど貰っている。アルバイトの身だけど、なじみになった営業の人が私の好きそうなものを届けてくれたりする。それを読むのは楽しみだけど、一方で「これでいいのかな」と思ったりする。それより就活の参考になりそうな本を読んだ方がいいんじゃないだろうか。

本格的な就活は三年の三月からと決められているけど、実質的にはもう始まっている。今日はそれを思い知らされた。自分はスタートダッシュで出遅れている。あせる気持ちはあるけど、大学受験の時のようにそれに没頭する気持ちにはなれない。目指すところが書店業界でいいのか、それ以外をみつけるべきなのか、まだ決められないから。

こうして決められないままずるずると時間ばかり過ぎて、みんなに追いつけないで卒業を迎えるんじゃないだろうか。

愛奈は小さく頭を振った。

どこにも居場所がないなんて嫌。書店業界でもそうでなくても、卒業までにはなんとか決めなきゃ。

強い気持ちでいれば、きっとなんとかなる。岩井先輩だって、大事なのは自分を信じることだって言ってたじゃない。まだ始まっていないのに、弱気になっても仕方ないわ。

愛奈は自分に活《かつ》を入れるように、両手で軽く自分の頬を叩いた。

6

取手は、中途半端な印象の街だった。思ってたよりは近かったし、思ってたよりは都会だった。立川《たちかわ》とか所沢《ところざわ》にも似ている。つまりはよくある郊外の街、だ。

休日のその日、彩加は九時半過ぎに吉祥寺を出発し、常磐線の取手駅についたのは十一時前。ホームの階段を上り、出店予定の場所を見る。現在は弁当屋になっている店が十一月いっぱいで閉店し、その後、改装をして書店にするという。店というよりキオスクといった感じのスペースだ。

ここが自分の新しい職場か。

ここでこれから毎日自分の戦いが始まるんだ。

彩加は深呼吸する。

正式な辞令を受け取る前に、ちゃんと場所を見ておきたかった。これから長ければ五年くらい通う場所になるのだから。

やっぱり狭い。いまの店の文庫売り場のスペースもない。雑誌と売れ筋の文庫とコミックくらいしか置けなさそうだな。いっそ新聞も置いた方がいいんじゃないだろうか。

取り立てて工夫する余地もない。会社としたら、ここなら新人の私でも大丈夫と踏んだのだろう。

ぼおっと突っ立っていても仕方ないので、改札を出て、駅ビルに入ってみる。中央線の三鷹《みたか》から先の駅のどこかにあるようなビルだな、と思う。それにしても、とんかつ和幸とか成城石井《せいじょういしい》とかマツモトキヨシとか、ほんとにどこでもあるな。あ、スタバもある。スターバックスがあることが、その街の都会度のバロメーターだったこともあるけど、これだけ増えてしまったら、ありがたみも失《う》せるな。

そんなことを思いながら駅ビルをうろうろする。取手一という噂の三階の書店をチェックする。人文とか社会の良書が目立つところにも置かれているし、なかなかいい書店だと思う。だが、うちの店ができると、客が奪われる、とこの店の人たちには警戒されることになるんだろうな。

それから、駅の外に出て、大通りを歩いてみる。駅周辺にはビルがごちゃごちゃあるが、少し歩くと背の高い建物はまばらになり、住宅街へと変わっていく。見慣れた光景だ。立川とか所沢とかでもこんな感じだった。銀行とかコンビニとか牛丼屋とか人の営みに必要なものが駅を取り巻いて、そこの土地らしい何かなんて見当たらないが、そこそこ便利で、そこそこ快適に生活していけるだろう。

だけど、いずれはここをすごく好きとか、離れがたいとか思えるようになるだろうか。住人にしかわからない、ここらしい良さをみつけることができるのだろうか。

　新しい門出《かどで》だというのに、あまり胸がときめかない。あっけなく決まった昇格。そして異動。自分はラッキーだと思う。思うのだけど……。

　ぼおっと考えながら歩いていると、交差点に差し掛かった。渡ろうとしたところで信号が赤に変わる。これ以上行かなくてもいい、そう言われた気がして、彩加は身体を翻《ひるがえ》し、駅へと戻っていく。

　どうしたらいい？

　望まれたからには、やれるところまでやってみるべきだ。これが第一のステップ。これを乗り越えればまた次のチャンスがもらえる。

　それはわかっているんだけど、望んでいたこととはちょっと違う。

　自分が望んでいたこと、それはなんだろう。

　本に関係した仕事に就きたい。ずっとそれは思っていた。それで大学入学と同時にいまの書店でアルバイトを始めた。そうしたら、それが面白くなった。誰かに本を薦めること。自分がいいと思った本を仕掛けて売ること。売り上げの数字ははっきり見えるので、やればやるだけ数字が上がっていくのが面白かった。バイトを始めて半年後にある文庫を仕掛けた。人気上昇中の作家が売れる前に書いた本で、メジャーな版元から出されたものでないために売り場で埋もれ、絶版になりかかっていた。それをPOPやチラシを作って展開したところ、予想外に反応がよかった。社員と相談して、これを通路側の一番目立つワゴンにも積んだところ、大きなヒットになった。あれよあれよという間に百を超える数字を叩き出した。版元の営業マンには、「この本を日本一売ってくれた書店です」と感激された。

そして、それが他店の耳にも入り、後追いして仕掛ける書店が現れた。そうして結果的に十万部を超えるスマッシュヒットとなった。店長やまわりのスタッフに褒められ、作家にも表敬《ひょうけい》訪問をされ、ちょっと舞い上がってしまった。

そして、それが自分の運命を決めた。学業よりもバイトを優先し、シフトのない日でもゲラを読んだり、POPを作ったりする日々。店は吉祥寺の書店の中では一番来客数が多いし、土地柄新しいものにも反応がいい。手を掛ければ掛けただけ売り上げは上がった。夢中になっているうちに就活の時期が来た。形ばかりは就活もしたけど、「就職決まらなかったら、うちの店においでよ」と店長には言われていたし、就活の偽善性がなんとなく嫌だった。企業の求める人間像に自分を合わせ、思ってもみないことを面接で言う、それが苦痛だった。

その結果、ひとつも内定を取ることができず、卒業と同時に今の店の契約社員として雇われることになった。そして今に至る。

私が書店員として感じていたやりがいの多くは、吉祥寺の一番店の文庫担当だったから持てたもの。この取手の店で同じことはできない。それでも大丈夫だろうか。

駅前のロータリーまで来た。このまますぐに電車に乗る気にはならなくて、すぐ傍《そば》にあったベックスコーヒーに入る。どこにでもある店だから面白みはないが、見知らぬ土地で入るなら、知っている店の方がやっぱり安心だ。ひとりで入るならなおさら。

早い昼食を、と思い、海老とアボカドのサンドイッチと珈琲のセットを注文する。これも馴染《なじ》みのあるメニューだ。窓際のカウンター席に座り、ぼんやり外を眺めながら食べ始めた。

どうせ地方に替わるなら、いっそ伯母の店を継ぐ方がいいのだろうか。あの店にどれくらい将来性があるかわからないけど、少なくともここよりは馴染みのある場所、馴染みのある人たちがいる。それに、街としてもここよりは沼津の方が好きだ。そこに戻った方が幸せなんじゃないか。そういえば、最近は静岡書店大賞なんていうものもできて、静岡の書店員は盛り上がっているらしい。地域書店大賞は最近増えたけど、参加書店数がいちばん多いのは実は静岡だという。そういうのに関わるのも、結構面白いんじゃないだろうか。

彩加は深い溜息を吐く。

自分ひとりでは、全然考えがまとまらない。

誰かに聞いてほしいな。

彩加は食べかけたサンドイッチを皿に置いて、バッグからスマートフォンを取り出した。

自分で考えても頭が煮詰まる。客観的な意見を誰かに聞かせてほしい。

連絡先の上から下へとスクロールしていく。

高梨愛奈
彼女は信頼できる。仕事のこともわかってくれるだろうけど……いや、愛奈にはやっぱり弱みは見せられないな。これでも、私の方が先輩だし。

そして、ひとつの名前で止まった。

川瀬慎吾《かわせしんご》
いや、これはない。ないけど……ありかも。

あれから三ヶ月経ったし、喧嘩したわけじゃないから、仲直りするのにはちょうどいい機会なのかもしれない。

それに、誰より慎吾は人の話をちゃんと聞いてくれるし、いつも的確なアドバイスをくれる。相談相手としたら彼以上の人間は考えられない。

彩加は連絡先から慎吾の携帯のメールアドレスを呼び出した。そして、素早く文字を打ち込んだ。

7

その日の愛奈は、朝からついていなかった。中央線に乗ったとたん人身事故で電車がストップ。バスで京王《けいおう》線まで出て学校に行く羽目になった。一時間近く遅れてようやく学校に到着。延滞証明書をもらっていたので欠席扱いにはならなかったが、レポートを提出することになった。そして、もうひとつ出席予定だった三限の授業は、教授の急病のために休講。なんのためにわざわざ学校に来たのかわからない。バイトまで時間があるので学校で暇つぶししようとサークルの部室を覗《のぞ》いたが、下級生ばかりで居心地が悪い。トイレで化粧直ししようとしたら、お気に入りのリップを床に落として使えなくしてしまった。

むしゃくしゃした気分でバイトに行ったら、口うるさい常連さんに、「挨拶の声が小さい」と叱られた。広瀬《ひろせ》というそのお客様は、以前は経済書を担当していた小《お》幡《ばた》亜紀《あき》さんのお得意さんだったらしいが、亜紀さんが異動して本社に行ってしまったので、最近では文芸書売場をうろうろしている。やたら難しい古典のタイトルとかあげて、私が知らないのを面白がっている。亜紀さんには「ああ見えて、あの人はかまってちゃんだから」と言われている。広瀬さんの話は勉強になることもあるので、気持ちにゆとりのある時はまだ我慢できる。だけど、今日のようにイライラしているときは、面倒だなあ、と思う。そういう気持ちはすぐ通じるらしく「ほら、客に対してそんな仏頂面《ぶっちょうづら》しない!」とさらに叱られる。やってられない。

十分ほど続いた広瀬さんの説教からようやく解放され、バックヤードに向かおうとしたところで、ばったり例の客に会った。足に怪我をした女の子のお話を探していた女性だ。

「あ、川西さま。いかがでしたか?」

先週来店された時、探していたのは『少女ポリアンナ』ではないか、と告げ、文庫版をお買い上げいただいたのだ。ずっと探していた本に巡り合えた、と喜んで帰っていかれた。何度もお礼を言われた。今日は読み終えた感想を話しに来てくれたんだろうと思う。自分も読み終わっているから、感想を伝え合えるにちがいない。

しかし、川西紗保は浮かない顔をしている。

「その……せっかく教えていただいたんだけど、ちょっと違ったみたい」

「えっ?」

「この本も確かに昔、読んだことがあって……。たぶん探している本と同じ児童文学の全集の中に入っていたんだと思うんだけど……。私が読みたいと思っている本の主人公はポリアンナみたいにいい子じゃなくて、いたずらや失敗をしてはおとなによく叱られる子だった気がするの」

　愛奈は何も言えない。白石にも、彩加にも、それしかない、と言われたから『ポリアンナ』だと信じ込んでいたのだ。

「女の子の主人公なのに、珍しいな、と思って、だから好きだったということを、これを読んで思い出したわ」

「すみません、ご期待に添えなくて」

　ようやくそれだけを告げた。川西をがっかりさせたということで、自分もがっかりしている。

「あ、ごめんなさい。しょうがないわよね、タイトルも作者名もわからないんだから。探していた本とは違ったけど、『ポリアンナ』もすごくおもしろかったわ。ポリアンナの活躍にどきどきしながら、最後まですらすら読めたし」

　そうして川西は微笑んだ。自分に気を遣ってくれていることが痛いほどわかって、逆に申し訳ない気持ちになる。

「いまでもこうして新訳が出るんだから、私が探している本より作品としての出来は『ポリアンナ』の方がいいんでしょうね。私の本がもしみつかったとしても、読み直したらたいしたことなかったと思うかもしれない。記憶の中のことって、たいていは実際よりよくなっているから。幻のままでかえってよかったのかも」

「あの、でも私、もっと探してみます。新刊では出てないかもしれないけど、児童文学として出版されたのだったら、図書館とかどこかに残っているかも」

「でも、そんなお手間をお掛けするわけには……」

「いいえ、私も気になるんです。みつかるかどうかわかりませんし、時間も掛かると思いますけど、探してみます」

「そう？　ありがとう。やさしいのね」

そうして、川西は猫のように目を細めた。唇《くちびる》の端をそっとあげて微笑んでいる。愛奈の提案を喜んでいるけど、見つかることはあてにしていない、そういう顔だ。それを見て、きっと探し出そう、と強く思った。

「よければ連絡先を教えていただけますか？　何かわかったら連絡させていただきます」

「ほんとにいいの？」

「ええ、きっと」

「無理はしないでね。それに急がなくても大丈夫ですから」

愛奈の強い言葉に促《うなが》されるように、川西は自分の携帯電話の番号を口にした。愛奈はポケットに入れたメモを取り出して、そこに書き留めた。

　ネットで児童文学、「足に怪我」「少女」と入れて検索してみる。それらしい作品には全然ヒットしない。「少女主人公」とか、「歩けない」とか言葉を少し変えてみるが、無駄だった。

「だめだ、手がかりが少なすぎる」

　愛奈はスマートフォンを投げ出してソファに横たわった。クッションを枕替わりにして肘掛《ひじかけ》に足を投げ出している。

　どうしたらいいのかな。白石さんも、『ポリアンナ』でなければ思い当たらないって言ってたし。誰に聞けばわかるのかな。

　せめて主人公の名前だけでもわかればいいけど。

　児童書に詳しい人に聞けばわかるかな。図書館とかで聞いてみようかな。

「なんなの、お行儀悪い。横になりたいなら、自分の部屋に行きなさい」

　リビングに入ってきた母が、愛奈のだらしない姿を見て眉《まゆ》を顰《ひそ》めた。仕方なく愛奈は身体を起こした。

「ねえ、おかあさんなら知らないかな」

「えっ、なんのこと？」

「昔の児童文学でね、女の子が主人公で、足が悪くて、おばさんが出てくる話」

「それって、海外名作?」

「うん」

「それだけだとわからないわね。海外の児童文学では、足が悪い女の子とか、おばさんとか、よく出てきた気がするし」

「だよね。もうちょっとヒントがあればいいんだけど」

「どういうこと? 何を知りたいの?」

「バイトでお客様にこういう本はないか、と聞かれたの。おかあさんくらいの年齢の人だったから、もしかしてわかるかな、と思って」

「なるほどね。だったら、子供の本に詳しい人に聞いてみるといいわ」

「たとえば」

「ほら、家庭文庫の磯上《いそがみ》さん」

「ああ、なるほど。あの人なら知っているかも。だけど、まだあそこ、やってるの?」

家庭文庫というのは、ふつうの主婦が自宅に絵本や児童書を集め、地域の子供たちにそれを開放するというもの。本を貸し出すだけでなく、わらべうたや手遊び、工作などを教えてくれたりするところもある。いまほど図書館が一般的になる以らしい。


前、一九五〇年代に始まったもので、都内やその近郊の住宅地での活動が目立った
「まだやってるはずよ。磯上さんはもうかなりのお年だけど、若い人たちが何人か手伝ってくれているんだって」

愛奈の住んでいる国分寺《こくぶんじ》でも何軒かそういう場所があり、そのひとつが近所にあったため、小学校の低学年頃までは足繁《あししげ》く通っていた。年齢と共に家庭文庫の本では飽き足らなくなり、少し離れたところにある市の図書館にもひとりで通えるようになってからは、すっかり足が遠のいていった。

「なんか、なつかしいな。久々に顔を出してみようかな」

「いいんじゃない。磯上さん、喜ぶわよ。たまにスーパーなんかでばったり会うと、あなたはどうしているかって聞かれたりするから」

そうして母に勧められたこともあり、愛奈は次の水曜日、その場所に足を運んでみることにした。毎週水曜日がその家庭文庫の活動日だったのだ。その家はふつうの住宅街の中にある。昔の農道のなごりなのか、妙に細く、曲がりくねった小路《こみち》沿いに家々が並んでいる中で、庭先に大きな柿の木があるのが目印だった。秋になると、おやつに剝《む》いた柿を出してくれたっけ、と思い出す。門は開け放たれており、「おひさまぶんこ、やっています」と書かれた小さな木の看板が飾られている。中

にはふつうの玄関とは別に、建て増しされた棟の方に入口がある。そちらが家庭文庫の入口だ。

「あらいらっしゃい」

ドアを開けると、奥の方に座っていた磯上さんが、まるで昨日会った人を迎えるように、穏やかな微笑みを浮かべて近づいてきた。しかし、愛奈の記憶にある姿より磯上さんは一回り小さく、白髪も皺《しわ》も増えている。その姿から、この場所を遠のいていた年月の長さに思い至り、愛奈は少し胸が疼《うず》いた。

以前ここに来たのは十年も前だっけ。

「おひさしぶりです。ずいぶんご無沙汰《ぶさた》してしまって」

昔はずいぶんお世話になったのに、恩知らずなことをしてしまった。

「いえいえ、長くやってるとね、ふいになつかしい人が訪ねてくれるのも楽しいものなのよ。どうぞ、ゆっくりしていってちょうだい」

こちらのこころをほぐしてくれるような、ゆったりとした声だ。靴を脱いで中に入る。十畳ほどの洋間の壁面に、一メートルくらいの高さの本棚が据え付けられている。上の方には明かり取りの窓があり、天井が高いので圧迫感はない。本棚の上には指人形や折り紙などが飾られ、部屋の隅の方にはブロックやままごと道具なども置かれている。愛奈はぐるりと部屋中を見回した。

「ここは、昔と変わりませんね。すごく落ち着きます」

小学校の頃、ここはもうひとつの自分の部屋のようだった。自分の部屋は年齢相応にインテリアも変えてしまったけど、ここは十年以上経っても昔のままだ。縁《ふち》に房のついた緑のクッションも、柱に掛かっているピエロの絵もよく覚えている。子供の頃の自分が、部屋の隅で寝そべって絵本をめくっている。そんな光景が見えるようだ。

「久しぶりに来た人はみんなそう言ってくれるの。みなさん、やさしいのね。だから、手が足りなくて模様替えできないでいるのも、それはそれでいいのかしら、と思うのよ」

こちらを包み込むような笑顔で磯上さんは言う。そういえば、この人は笑顔以外の表情が思い出せない。そんなはずはないのだが、いつもにこにこ見守ってくれている人という印象が強いからなのだろう。

「そうそう、安永《やすなが》さんを紹介しなくちゃね。安永さん」

磯上さんに呼ばれて、奥にいた女性がこちらを向く。女性は三歳くらいの子供とその母親らしき人に何か説明をしていた。

「こちら、前によく来ていた高梨さん」

「こんにちは」

安永という女性は、座ったままで笑顔を浮かべた。

「こんにちは」

愛奈も挨拶《あいさつ》を返す。

「安永さんはうちのすぐ近くにお住まいなの。去年からここを手伝ってくださっているのよ」

「そうですか。それはよかったですね」

安永は三十代半ばくらい。やはり専業主婦なのだろうか。

「どうぞゆっくりしていってください」

安永はそれだけ言うと、相手をしていた母親との会話に戻っていった。

「ちょっと棚を見せてくださいね」

愛奈は本棚に近づいて、並んでいるタイトルをチェックした。ビニールで補強されているが、うっすらセピア色に日焼けした本が多い。もともとは磯上が自分の子供のために揃えた本が蔵書の中核を成しており、その後寄付などで増やしていったものだから、三十年四十年経った本はざらにある。『ぼくは王さま』とか『ライオンと魔女』など、愛奈が子供の頃に読んでいた本がそのまま残っていた。

「なつかしい」

その一冊、『ムーミン谷の冬』を手に取った。ぱらぱらめくって、真ん中あたりで手が止まる。

「あ、やっぱりまだ跡が残っている」

長い長い冬の後、その終わりを告げるお日さまがのぼってくる。それをムーミンが逆立ちして喜んでいるという挿絵《さしえ》の上に、かすかに色鉛筆で色を塗った跡が見える。

「ああ、それ、あなたがいたずらしたんだったのね。それで、おかあさんと謝りに来られたんでしたっけ」

小学校に入ったばかりの頃だったので、いたずらという意識はなかった。物語の中にすっかり入りこんでいたのでムーミンの喜びに共鳴し、モノクロのイラストで描かれた世界をもっと明るくしたいと思って、オレンジ色の色鉛筆でお日さまをなぞったのだった。お日さまを塗ったあとはムーミンにも色づけしたくなり、空色の色鉛筆でムーミンを縁取りしているところを母に見つかった。

「これはあなただけの本じゃないのだから」

と怒られ、消しゴムで消すように言われた。せっかく塗ったのに嫌だったけど力いっぱい消しゴムでこすった。そのためページに皺が寄ってしまい、さらに母に叱られたのだった。そうして母とふたりで磯上さんに謝りに行ったのだが、磯上さんはにこにこして「これからは気をつけてね」とやさしく注意しただけだった。それでほっとして、その後もここに通うことができた。もし、そこで厳しく叱られていたら、二度と足を踏み入れなかったかもしれない。

「いまさらですけど、すみませんでした」

「いいのよ、子供だったんだもの。この絵に色を塗ったらもっときれいになるって思ったんでしょうね」

ああ、やっぱり磯上さんは子供のことをよくわかっている。こういう大人に見守られていたっていうのは、自分の子供時代はしあわせだったんだな、と思う。

「それで、今日急にこちらに来たのは、何か用事でもあったの？」

磯上に聞かれて、愛奈は自分の用件を思い出した。かいつまんで事情を説明する。

「それは確かに難しいわね。私も『ポリアンナ』くらいしか思いつかないけど」

「そうですか」

「せめて、どこの出版社から出ていたのか、わからないかしら」

「出版社？」

「シリーズの名前とかでもいい。その方が子供の頃はいまほど児童書の点数も出ていないし、どこから出ているかわかれば、特定できるかもしれないわ」

「そう言えば、全集にあったとかおっしゃってました」

「ああ、やっぱり」

　磯上が納得したような顔でうなずいた。

「どういうことですか？」

「その方がお子さんだった頃、つまり一九六〇年代は児童向けの文学全集がさかんに刊行されてたの。戦後の苦しい時期が終わって、人々が文化とか教育に目を向け始めた頃よね。全三十巻とか五十巻とかの児童文学全集を子供に買い与えるのが、ちょっとしたブームだったの。一巻がかなり分厚くて、いろんな物語を集めていたから、ほかではあまり知られていないようなものも収められていたと思う。そのうちのひとつじゃないかしら」

　子供向けの文学全集。ここにはないが、図書館などで見掛けたことがある。装丁《そうてい》が統一されていて面白みがないのと、全集という括《くく》りが重々しい感じなので、愛奈自身は手に取ったことはない。

「全集って、何種類くらいあるんですか？」

「そうね、有名だったのは小学館とか講談社のものとか。河出書房もあったかしら。一社でいくつも出していたところもあったから、結構種類はあったわね」

「じゃあ、それから探すのもたいへんですね」

　愛奈はがっかりした。ようやく手がかりが摑《つか》めた気がしたのだが、それだけでは難しいらしい。

「その方、出版社を覚えていないかしら。あるいは装丁だけでも手がかりになるかも」

「そうですね。電話して聞いてみます」

愛奈は自分のスマートフォンを取り出し、教えられていた川西の電話番号を呼び出した。

『はい……』

誰から掛かってきたのかわからなかったのだろう。川西は不審そうな声を出している。

「あの、新興堂書店の高梨です。以前、お問い合わせのあった本の件で……」

『ああ、あなただったの』

ほっとしたような声が受話器の向こうから響いてくる。

『あれから何か進展はありましたか？』

「いえ、いまちょっと児童書に詳しい方とお話をしていたのですが、伺いたいことがあって連絡してみました。あの、お探しの本は全集か何かに収録されているっておっしゃっていましたね」

『ええ。昔うちにあったんです。すごく分厚い本で、たくさんお話が入っていました。その中の一話だと思うんです』

「その全集の発行元はわかりますか？　どの全集かわかれば、収録作品もわかるんじゃないかと思いまして」

『いえ。それが昔のことなので、忘れてしまって……。本も、親がいつのまにか処分してしまったし』

「そうですか。ほかにその本で覚えていることってありますか？」

『そうですね……黄色い箱に入っていたことと、全部で五十巻あったことくらいでしょうか。アメリカ編とかフランス編とかに分かれていたと思います』

覚えていることを川西は一生懸命伝えようとしている。

「全部で五十巻って、すごいですね」

『ええ。一巻だけでも読みでがありました。……ああ、それから表紙が世界の名画になっていましたっけ』

「名画？」

『ええ。巻ごとに違う画家の絵で表紙が飾られているんです。ドガとかミケランジェロとか、有名な人の。それを見るのも楽しみでした』

それもヒントになるかもしれない。川西にお礼を言って、愛奈は電話を切った。

「何かわかった？」

「とりあえず巻数全部で五十巻だということ。それに、表紙が名画だってことくらいです」

「五十巻というのは大きな手がかりね。そこまでの大きなシリーズはそんなにないはずだから」

「ええ。それで検索掛けてみます」

愛奈はスマートフォンのグーグル機能を起《た》ち上げ、「児童文学　全集　全五十巻」で検索を掛けてみた。

「えっと、これかな?」

絶版本なので版元のHPには載っていないようだが、個人のブログにその思い出や内容について触れられたものがあった。五十巻あるのはどうやら小学館のものらしかった。そのブログには全巻の収録作品名が書かれていた。

「これ……かな?　さすがに五十巻あると、知らないタイトルもたくさんありますね。『トム＝ジョーンズ物語』?　『サイラス＝マーナー』?　聞いたこともないわ。内容が書いてないから、この中にあったとしても私にはわからないかも」

「ちょっと見せてくださる?」

磯上さんが覗き込んだので、愛奈はスマートフォンを手渡した。

「ああ、そうそう、この頃は子供向けといいながら、ずいぶんいろんなものを混ぜていたわね。あら、バイロンなんて入っている。あらら、『方丈記《ほうじょうき》』まで」
そう言いながら、磯上さんは楽しそうだ。画面をずっとスクロールしている。
「きっといろんな想いでこのラインナップをセレクションしたんでしょうね。あ
あ、『パレアナ』がある。あれ？」
「どうしたんですか？」
愛奈も画面を覗き込む。「アメリカ編4」というところに「少女パレアナ」とい
うタイトルが見えた。
「へえ、『オズの魔法使い』と同じ巻なんですね」
その巻には、「オズの魔法使い」「少女パレアナ」「モヒカン族の最後」「ホイット
マン詩」それに「ケティ物語」の五つの作品が収録されているらしい。子供向けに
簡略化されていたとしても、これではかなりの厚さだっただろう。
「ちょっと待ってて」
磯上さんは愛奈にスマートフォンを返した。そして、本棚のところに行って、何
か探している。
「どうしたんですか？」
「わかったと思うの、お探しの本」
「えっ？」

「そうそう、これ」

棚から磯上は薄い、小さな本を取り出した。子供向けの文庫サイズの本だ。タイトルは『すてきなケティ』となっている。

「これでたぶん間違いないと思う。お転婆《てんば》な主人公が事故で歩けなくなるという苦難を経験することで成長する物語。どうしてすぐにこれを思いつかなかったのかしら」

「どうしてわかったんですか？」

「ほら、全集の『パレアナ』と同じ巻に『ケティ物語』ってあったでしょう？　それのことだと思ったのよ。タイトルはちょっと違うけど、作者がクーリッジとなっていたし」

「ああ、そうなんですか」

「『パレアナ』はアニメ化もされて日本でも有名になったのでいろんな出版社から訳本が出たけど、こちらは単行本はこのポプラ社文庫版のほかひとつふたつあったくらい。だから、あまり有名ではないけど、とてもいいお話よ。ケティはパレアナみたいな優等生じゃなくて、おばさんや先生の言いつけを守らなかったり、弟や妹と喧嘩したりするの。でも、そこがふつうの子供には親しみやすい理由ね。うちに来る方でもケティファンはいるわ」

優等生じゃない。あのお客様も主人公のことをそう言っていたっけ。

「これ、お借りしてもいいでしょうか？　まず自分で読んで、中を確かめてみたいんです」

「いいわよ。ちょっと待っててね」

磯上は一度奥へと引っ込み、Ｂ５判のノートを持って現れた。ノートの表と裏には、自分で描いたらしい女の子のイラストで埋め尽くされている。

「これってまさか」

「そう、あなたの読書ノートよ」

「えっ、まだ取ってあったんですか？」

ここに来たときはそれぞれが自分のノートにその日の行動記録、借りた本や遊んだ内容などを記録することになっていた。強制ではないが、読んだ本の感想や家庭文庫についての意見などを書くことも薦められていた。

「これは子供たちの成長記録だから捨てられないわね。最後まで書き終わったノートはそれぞれにお返ししているけど、書いてる途中で来なくなった子供のものは返すこともできないしね。こうしてうちに保管してあるの」

ノートを受け取って、中をぱらぱらめくってみた。日付と読んだ本のタイトルだけ、というのがほとんどだが、たまに本の感想などが書かれてあると、その後に磯上さんが赤ペンでコメントをつけている。感想についての褒め言葉、そして次にこんな本を読んだらいいというアドバイスだ。

「なつかしい……」

たどたどしい筆跡は、幼い自分の手によるものだ。めんどくさそうに行からはみ出したり、かと思えば力をこめてせいいっぱいの文字を書こうとしていたり。ていねいに書いているのは、好きな本に出合ったことを伝えようとしているときだ。ノートの真ん中あたりにある、最後の文章を読む。

4月15日　『ふしぎなオルガン』は一さつにいろんなお話があって、おもしろかった。わたしは「さびたき士」がいちばん好きです。

大きさの揃っていない拙《つたな》い書き文字。確かに、子供の頃の自分の筆跡だ。それに対しての磯上さんのコメント。

愛奈ちゃんはロマンチックなお話が好きなのね。『ふしぎなオルガン』の作者の本は一さつしかないけど、ラングという人が集めた『そらいろの童話集』とか『ばらいろの童話集』などもおもしろく読めると思います。

『ふしぎなオルガン』って、どんな本だっけ？　『さびたき士』ってどう読めばいいの？　錆びた騎士ってことかしら。昔の自分の記録なのに、知らない子供が書いたみたいだ。

昔は大事に思っていたことも、十年経てば忘れてしまう。

でも、『ばらいろの童話集』というのはよく覚えている。一冊ごとに色の名前がついた童話集で、背表紙もその色で飾られたきれいな本だった。全巻揃えて長く部屋の本棚に持っていた。高校生になって部屋の模様替えをした時に手放してしまったけど。このシリーズは自分で見つけた気でいたけど、きっかけは磯上さんのお勧めだったのか。

「どうなさったの？」

愛奈がぼんやりしているのを見て、磯上さんが気遣ってくれる。

「磯上さんはほんとにいろんな本をご存じですね。ここで磯上さんに教えていただいた本がたくさんあったんだなあ、と思い出しました」

「そんなことないわ。長くやっているから、少しわかるだけよ。子供の本の世界は、大人のものに比べれば、はやり廃《すた》りは少ないですしね。それに、よく来られるお子さんの趣味はだいたいわかるから、喜びそうな本も見当がつくし」

そうなのだ、そこがふつうの図書館や本屋とは違うところだ。ここでは子供の顔を見て、その子の興味や読解力を知って、それにあった本を薦めてくれる。だから、自然と本の世界が広がっていった。それに、節分やひな祭りなどの行事やたまに開かれるお茶会も楽しかった。小さなスポットだけど、ここは私にとっては大事な場所だったんだな。

愛奈は改めて部屋の中を見回した。古ぼけた本と本棚。だけど、ここには私の子供時代のかけがえのない思い出がある。こういう場所が身近にあったのは、なんて幸せなことだっただろう。

「貸出のやり方は覚えているかしら。昔と変わっていないのだけど」

「ええ、もちろん」

本の最後の見返しのところに図書カードが挟んである。そこに日付と名前を書くこと。同時に自分の読書カードに日付と本のタイトルを書くことが義務付けられていた。愛奈は手早く必要事項を書きこんだ。

「じゃあ、また来ますね」

「ええ、いつでもどうぞ。待っていますよ」

磯上はやわらかい微笑を浮かべた。その表情は昔と変わらなかったが、目じりの皺や髪の毛の白さに昔と違う年月の重みを感じて、愛奈は切なくなった。

8

うーん、やっぱり口紅の色がちょっと派手だったかな。ベージュの服だから口紅を明るくしないと、と思ったんだけど、化粧を強調して見えないだろうか。

トントン、と苛立ったようなノックの音がする。少し長居しすぎたようだ。彩加は口紅をポーチにしまうと、もう一度全体をチェックする。

うん、大丈夫。社会人だし、清楚《せいそ》に、だけどきちっと決めるところは決める。店はそんなに明るくないし、慎吾も気にしないだろう。

そうしてドアを開ける。外には大学生ふうの女性が立っていた。彩加は軽くお辞儀をしてその場を立ち去る。

席に戻って時計を見る。まだ十五分以上時間がある。店内は八時を過ぎて混雑もピークのようだ。吉祥寺駅の北口から歩いて二分、鳥良《とりよし》というチェーン店の二号店に彩加は来ている。自宅のある武蔵境から勤務先の渋谷の会社に行くのに、川瀬慎吾は吉祥寺で乗り換える。彩加の勤務先は吉祥寺。だから、会社帰りに待ち合わせするには、吉祥寺駅すぐのこの店が便利だった。

慎吾に会うのは三ヶ月ぶりだ。三ヶ月前のその日は彩加の方が公休日で、慎吾の仕事の終わる夜の八時にここで待ち合わせした。しかし、急にバイトの子が一人来られなくなって、急遽《きゅうきょ》彩加は四時間ほど出社することになった。それで、予定より四十分遅刻してしまったのだ。慎吾は何も言わなかったけど、不機嫌そうにしていた。会話も弾《はず》むことなく、飲み食いしてすぐに別れた。別れ際、慎吾は、

「俺、もう疲れたよ」

と、つぶやいた。それが二人の関係のことを指しているのだと彩加にもわかったが、聞こえないふりをした。営業職で平日は接待の多い慎吾と、土日は休めない彩加が会える時間を捻出《ねんしゅつ》するのは難しかった。せっかく会っても、どちらかが仕事帰りでくたびれていることも多く、話をするのも億劫《おっくう》、ということもあった。そして、最初は毎週だったのが二週間に一度になり、三週間一度になり、そして、この事件が決定打になった。その後三ヶ月、慎吾とは連絡を取っていなかった。

それでも、これからどうしようか、と考えた時、相談する相手は慎吾しか思い浮かばなかった。社員昇格。その噂が流れると、職場での空気が微妙に変わった。

なぜ、あの子が？

口には出さなくとも、同じ契約社員や古参のアルバイトがそう思っていることはひしひしと伝わってきた。それまでは同じ境遇で、だからこそ上司や会社への不満を平気で口にすることができた。そうすることで共有できていた連帯感は、しか

し、自分だけ上がりの状況になってしまえば、あっけなく消えてしまうものだったのだ。

かと言って、まだ辞令も出ていないことを、ほかの書店の友人に相談するのも憚《はばか》られる。プライベートの悩みを相談できる相手は案外限られる。そうして思いついたのは、やっぱり慎吾だった。学生時代からこれまで何度も仕事の悩みを打ち明けてきた。女性のように感情に溺れることなく、客観的な立場から冷静な意見を述べてくれる慎吾に何度も助けられてきた。彼氏彼女の関係でなくても、友人として聞いてくれるだろう。

「遅くなってごめん。ちょっと仕事が長引いちゃって」

慎吾は十五分遅れで姿を現した。時間には正確な慎吾にしては珍しいことだった。

「ううん、私もさっき着いたところ」

慎吾はちらりと彩加の前に置かれたグラスに目をやった。レモンサワーの中身はもうほとんど残っていない。だが、それには触れず、店員に飲み物と二、三つまみをオーダーすると、

「相談したいことって何？　メールにも書いたけど、俺そんなに長居はできないから」

いきなり用件を切り出してきた。三ヶ月の空白を埋めるための世間話も、近況報告も抜きだ。自分を警戒しているのだろうか。

「うんまあ、仕事のことでちょっと悩んでいてね。実は今度正社員に昇格することになったんだ」

「そうなんだ！　おめでとう。よかったじゃないか」

ぱっと顔が明るくなった。本気でそう思ってくれているらしい。

「ありがとう」

「じゃあ、乾杯だね」

ちょうど届いたビールのジョッキを持って、慎吾は「おめでとう」と、彩加のグラスにかちんと打ちつけた。

「うまく行ってるんじゃん、それで何が悩み？」

慎吾の警戒心が緩んだようだ。

「社員になると同時に、転勤が決まったんだ」

「どこに？」

「茨城の取手」

「ふーん、思ったより近いね。同じ関東だし」

「近い？」

「俺んとこ、転勤って言ったら広島とか福岡とか北海道とか、まるで違うところに飛ばされるから。海外赴任ってこともあるし」

「まあ、そういうのに比べれば近いけど」

「ずっと同じ店っていうのもつまらないだろ。正社員になるんだったら、むしろチャンスじゃん」

「そうだけど……」

なんとなく話が噛みあわない。サラリーマンなら転勤は当然、迷うのがおかしいと言わんばかりの慎吾の態度には、なんとなくもやもやするものを感じる。

「どうしたの？　何か躊躇《ちゅうちょ》する理由があるの？」

「うん。同じ日に、うちの母から電話が来て、伯母さんの店を継がないかって言われたんだ」

「伯母さんの店って、どんなの？」

「沼津で本屋をやってる。私も子供の頃、その本屋のお世話になったから、ちょっとこころが動いている」

本当はその気はないのだが、相談と言って呼び出した手前、こんなふうに説明してみる。

「どれくらいの規模の店なの？」

「二十坪くらいかな。商店街の中のふつうの店だよ」

「ああ、それはないな」

「どういうこと？」

「いまどき個人商店はよほどの店じゃないと存続は難しいだろ。地方では郊外に大型ショッピングセンターがどんどん進出して、商店街自体がダメになっているし。そうでなくても人口も減ってるから、地方都市でのビジネスっていうのは先が見えないよ」

「まあ、そうだよね」

地方都市のたいへんさはそこに住んでいたからこそ彩加にはよくわかる。

「彩加だって言ってたじゃん。静岡中のおしゃれな店全部あわせても、吉祥寺のおしゃれな店の数にはかなわない。静岡で特別だったものが、こちらではありふれている。そういう場所じゃ、若者は結局減っていっちゃうよね」

そういう慎吾は東京生まれ東京育ちだ。二十三区ではなく三鷹市だけど、東京であることに変わりない。親の代からそこなので、地方に対する理解もなければ思い入れもない。

「そうかな」

「そうだろ。ほかならぬ彩加自身が、そんな田舎は嫌だって、東京に出て来たわけだから」

「嫌だったわけじゃないよ」

そう、決して嫌だったわけじゃない。ただ、ずっとあの場所だけしか知らないのが嫌だったのだ。もっと大きな場所を見たかった。そういうところでも自分が生きていけるか知りたかったのだ。

「でも、一度出てきてしまって、こういう場所で生活する楽しさを知ってしまったら、地方は刺激がなさすぎるんじゃない？」

「まあ……ね。本屋についても、やっぱり東京の方がすごいと思うところが多いし、いろんな講習会とかイベントもあるから勉強にもなるし」

それだけじゃない。東京にいればいろんな人と知りあえる。カリスマ書店員と呼ばれる業界の先輩や版元の編集者、それに著者に会うことも珍しくない。版元の営業が店に挨拶に連れて来るだけでなく、吉祥寺在住の作家も多いから、お客として店に現れることもある。版元の主催する有名作家との懇親会《こんしんかい》に呼ばれたり、試写会に招待されたり、東京の有名書店で働いているからこその華やかな出来事がある。忙しいからそういうものすべてに参加することは到底不可能だが、そういうお誘いは仕事のしんどさをしばし忘れさせてくれる。単調な日々を彩《いろど》るスパイスになっている。それは沼津の本屋にいたら味わえない刺激だろう。

いや、沼津でなくても取手だって同じことだ。書店員なら誰でも参加できる本屋大賞の授賞式くらいしか誘われなくなるだろう。

「だったら、迷うことないじゃん。商店街の本屋なんてたいへんなこと、引き受けるだけ損だよ」

「んー、そうだね。考えるまでもないか」

でも、何か引っ掛かるのだ。取手が絶対ダメというわけじゃない。だけど……。

「それに取手の店に永久にいるってわけじゃないんだろ？　数年後には別の店に異動するんじゃないの？」

「うん、たぶん。うちは長くても五年くらいで社員は異動させられるから」

「じゃあまた東京に戻って来られるんだろ？」

「東京ならいいけど、うちはナショナルチェーンだからどこに行かされるかわからない。沖縄とか北海道だって可能性はあるし」

「それはそれで面白いじゃない。いろんな場所に住めるのも経験だし」

ああ、そうだ。それがやっぱり嫌なんだ、と彩加は思った。もやもやの正体はそれだ。沼津から上京してやっと東京に馴染んだと思ったら、今度は取手。その後はどうなっていくんだろう。

「うちだって、若いうちはあちこち飛ばされるのが常識。というか出世コースを歩むんなら、逆にいろんなところを見ておけっていうのが会社の親心だし。これからの時代は女性もおんなじだろ。いろんなところを経験してスキルを上げていくと思えばいいじゃん」

そうなると、自分はどこに根付くのだろう。生まれ故郷を離れ、東京に移り住んで六年目。友だちもできたし、職場と住居のある吉祥寺という街も大好きだ。だけど、数年離れたら自分の居た痕跡《こんせき》は消えてしまうだろう。取手でもその後どこに住んでも、同じように数年で離れるなら、自分の居場所はどこになるのだろう。

どこかで誰かと出会って、結婚して、ひとつのところにずっと住み続けることを選ぶまで、転々としなければならないのだろうか。それとも会社の温情で、ある程度の年齢になったら異動を止めてくれるのだろうか。

「正直な話、俺だって来年あたり海外に飛ばされることになりそうなんだ。課長にそれとなく打診されたし」

「え、そうなんだ。すごいじゃない」

「独身で身軽だから任されるんだ。もし、行ったとしたら三年は帰って来られないよ。海外に比べれば取手なんてすぐそこだよ。いつでも東京に遊びに来れるじゃん。彩加にとってもチャンスだし、頑張りなよ」

そう、海外であれどこであれ、慎吾は戻って来る場所がある。自宅も会社も東京だし、そこがホームベースなのだ。そこに戻れるから、遠くに行くこともできる。

自分はどうなのだろう。沼津を出て、東京を自分のホームベースにしたかった。でも、そうはならない。職場が変われば東京との縁はあっさり消える。その程度のものだ。

では沼津はどうなのか。生まれ育った縁は強いけど、この六年の間に友だちもだんだん離れ、伯父が死んだりいとこが海外に行ったり、どんどん縁は薄れていくだろう。十年後二十年後、そこに私の居場所はあるだろうか。

ふいにメールの着信音が鳴る。

慎吾がスマートフォンを取り出してチェックする。そしてすぐに画面を消す。一連の動作の流れるような速さに、彩加はどことなく不自然なものを感じた。

「あ、ごめん。それで相談ってそれだけ？」

「え、ええ」

「だったら、ごめん。急にこの後人に会うことになっちゃって」

彩加の目を見ず、早口で告げる。

「えっ、まだオーダーが全部来てないのに」

「ほんとうにごめん。どうしても会わなきゃいけない相手なんだ。悪いからここは俺が支払っとくわ。彩加はゆっくりしてって」

慎吾はそそくさと帰り支度をすると、伝票を摑んだ。いきなりな展開に、彩加はあっけにとられている。

「また、何かあったら連絡して。いつでも相談に乗るから」

それだけ言い残して、レジの方へと足取り軽《かろ》やかに去っていった。彩加は呆然《ぼうぜん》とそれを見送った。

たぶん新しい彼女ができたのだろう。それをはっきり言わないのは、慎吾の優しさなのかその逆なのか。

これでまたひとつ東京との縁が切れた。まだたった三ヶ月しか経っていないのに。

いや、とっくに切れていた関係なのに、自分で気付かなかっただけだろうか。それとも、相談にかこつけて、また慎吾とのよりを戻したかったのだろうか。

「おまちどうさま。串打ち盛り合わせととり天二人前」

呆然とする彩加の前に、料理の皿が並べられる。誰も手をつけることのないだろう料理が、温かそうな湯気を立てている。

「ご注文は以上でお揃いでしょうか？」

満面の笑みを浮かべた店員が確認をする。こぼれそうな涙をこらえ、彩加はうなずくだけで精いっぱいだった。

9

「高梨さん、お客様。第二レジの前でお待ちです」

返品作業をしていた愛奈は、社員の尾崎《おざき》志保《しほ》にそう告げられた。

「すみません、ちょっと席を外します。すぐ戻ります」

いっしょに作業をしていたバイト仲間にそう声を掛け、愛奈は足早にバックヤードを出る。それから更衣室に寄り、自分の荷物を入れたロッカーから本を一冊取り出した。そうして急いで第二レジの方に向かった。

お客は予想どおり川西だった。

「すみません、お待たせしました」

「それで……本が見つかったって、本当でしょうか？」

川西は半信半疑という顔をしている。前回自信満々で愛奈が挙げた『少女ポリアンナ』が、間違っていたのだから、無理もない。

「ええ、たぶんこれで間違いないと思います。少年少女世界の名作文学全五十巻の中で、該当するのはこれしかないと思いましたから」

愛奈は『すてきなケティ』を取り出した。

「これが？」

「文学全集の方では『ケティ物語』っていうタイトルでした。こちらはその後、ポプラ社から出されたものです」

「『ケティ物語』……」

川西は舌の上で転がすようにそのタイトルを呟《つぶや》いた。何かおいしいものを舌先でじっくり味わうみたいに。

「主人公のケティはお転婆で、いわゆる〝いい子〟じゃありません。母親が亡くなっていて大勢いる妹や弟の模範《もはん》にならなきゃいけない立場なのに、率先《そっせん》していたずらをしてはおばさんを困らせる、そんな子供っぽい女の子なんです。そのケティが、歩けなくなるという試練を通して成長していく物語。どうでしょう、いただいたヒントにはぴったりだと思うのですが」

「それを、見せていただけますか？」

少し震える声で川西は愛奈から本を受け取った。女の子が両脇に大勢の兄弟を抱えている、そんなイラストの表紙をじっと眺めた。そして、表紙をめくり、カバーの袖に書かれた紹介文に目を通す。

「……ヘレン、そうだわ。いとこのヘレンという素敵なお姉さんが出てくるんだっけ」

「そうです、そうです。ヘレンという存在がとってもいいんですよ」

愛奈も思わず力説した。愛奈自身もすでにこの本に目を通していた。十九世紀末にアメリカで書かれたこの物語が、すっかり好きになっていた。

「ああ、じゃあ間違いないわ。これをずっと探していたんです」

そうして川西は大事そうに胸の前に本を抱えた。

「ありがとう。もう二度と読めないかと思っていた」

愛奈はどきっとした。川西の目にうっすら涙が滲んでいたのだ。その視線に気づいたのか、

「あ、ごめんなさい。嬉しくて、なつかしくて、思わず」

川西はぱちぱちと目をしばたたかせた。

「この本には思い入れがあるんです。私、小学校の五年生のとき、怪我をして一ヶ月入院したんです。ケティみたいな大怪我じゃないし、時間が経てば完治するものだったんですけど、子供にとって一ヶ月は長いでしょう？　勉強は遅れるし、友だちには会えないし。ふてくされて母に八つ当たりしていたんです。そんなときに退屈しのぎにこの本を読んで、すごく驚いたんです。ケティがまるで自分自身のことのように思えて」

「そうだったんですか」

自分の母親のような年の人が、子供の頃のことをまるで昨日のことのように語るのは、愛奈にはちょっと不思議な感じがした。自分にとっては子供時代はまだ地続きのような気がするが、五十にもなれば、子供の頃のことは遠い記憶として風化しているように思っていたのだ。

「だから、ケティの行動が入院中の私の指針《ししん》になっていた。ケティに見習って母やまわりの人に気遣いするようになったから、母もびっくりしていたわ。その母も、もう三年前に他界しましたけど」

川西の視線は愛奈ではなく、うっとりとどこか遠くを眺めていた。愛奈ではなく、実は自分自身の過去に語り掛けていたのかもしれない。

「じゃあ、大事な思い出のある物語なんですね」

「ええ。それもあるけど、実はこの年になってまた入院することになって……。子宮《し》筋腫《きゆうきんしゆ》って、ご存じでしょう？　私たちの世代にはありふれた病気なんだけど」

いきなりの告白に、愛奈はたじろいだ。しかし、それを表情に出さないように息を止めて相手の話を聞く。

「思ったより筋腫が大きくて、お医者さんには子宮を全部取りましょう、って勧められたんです。もう年が年だし、全摘出しても身体に影響ないし、その方が確実に病を治せるからって。でも」

川西は溜息を吐く。つられて愛奈も息を吐いた。

「何か割り切れなくって。女性でなくなる、とまでは思わないけど、なんとなく嫌でね。結局私は子供に恵まれなかったし、それなのにこんな形で子宮の役割を終わらせてしまうってことがね……」

わかります、とは愛奈には言えなかった。若い愛奈には川西の気持ちは頭では理解しても、実感することはできない。それに、客と店員という関係には重すぎる話だ。なぜろくに知らない自分に話すのだろう。

いや、自分の生活には直接関わらない人間だから、そんなふうに本音を吐露《とろ》できるのかもしれない。自分は、彼女にとっては行きずりの人間なのだ。

「それで、ふっと昔読んだ本のことを思い出したの。もうタイトルも何もかも忘れているのに、ずいぶんあの本に励まされたなあって。そう思ったら、入院する前にどうしても読みたくなってしまったの。そうしないと気持ちがうまく整理できない気がして」

川西は愛奈の目を見て、微笑みを浮かべた。少女のようなかわいらしい、どこかはかなげな印象を与える微笑みだった。

「ありがとう。これで願いがかなうわ」

「いえ、そんなこと。大事な本を探すお手伝いができて、私も嬉しかったです」

「じゃあこれ、いただきます。こちらのレジでお会計すればいいのね」

「あのこれ、うちの店の売り物ではないんです」

「えっ？」

「実は、この本もすでに絶版になっていたんです。それで、ネットを検索して、古本を取り寄せたんです」

おひさま文庫で借りた本を読み、これに間違いないと確信したが、その本を川西に渡すわけにはいかない。しかし、ネットで調べたところ版元では品切れになっている。それで、ネットショップで探して、古本を購入した。もし、川西が要らないと言ったら、自分のものにすればいい。そんなに高いものでもないのだから、と思ったのだ。

「まあ、そんなお手間をお掛けして……」

「でも、おかげで安かったんです。本代は一円で、送料分だけで買えましたから」

「じゃあ、そのお代をあなたにお払いしなきゃ」

そうして財布を出しかかった川西を、愛奈は慌てて止めた。

「あの、それはいいです。私が勝手にやったことですから」

「駄目よ、そんな。お手間もお掛けしているのに。ごめんなさい、むきだしだけど、これが私の気持ちだから」

そう言って、相手はお札を取り出し、愛奈に握らせようとする。一万円札だ、と気づいて愛奈はぎょっとした。これはさすがに高すぎる。

「ほんとに、結構ですから」

「これでも足りないくらい。私にとってこの本はそれだけの価値があるものだし、仕事以上のことをしていただいたのだから」

川西はなお言い募《つの》る。愛奈は一瞬差し出されたものを受け取ろうか、そちらの方が場がうまくおさまるかな、と思うが、すぐにその気持ちを封印した。

それを受け取ったら、きっとざらざらした気持ちが自分から離れないだろう。そして、そのお金を何か無駄なことに遣ってしまうにちがいない。

「申し訳ありません。そんなつもりで本をお探ししたんじゃないし、それを受け取るとお金目当てでやったみたいで、嫌なんです」

それを聞いて、川西ははっとした顔をした。そして、みるみる顔を紅潮させた。

「ごめんなさい。そうよね。なんでもお金で片付けようとするのはよくないこと。あなたにとても失礼なことでしたね。ごめんなさいね」

「いえ、そんな」

「ほんとにありがとう。その気持ちをお伝えしたかったんです」

「ええ、そのお気持ちだけで十分です」

「でも、実費だけは払わせて。ただでもらっては申し訳ないから」

それはさすがに断ることができず、愛奈は実費の二五一円だけを受け取った。

「それから、あの、ほかにも入院中に読む本を何冊か買っていきたいのだけど、選ぶのを手伝ってくださるかしら」

それなら自分の本来の仕事だ。愛奈は川西の好みを聞き、それにあった本を何冊か薦めた。愛奈が選んだ本を、川西はすべて購入すると言う。全部あわせるとほぼ一万円になった。

「実は明日からもう入院なので、しばらく来られないけど、退院したらまた来ますね」

そして、何度も何度もお礼を言って、川西は帰っていった。

愛奈はほっとしてバックヤードに戻って行った。三十分近く外してしまったが、それだけの売上は立てたのだからいいだろう、と思う。しかし、自分の代わりに売り場責任者の尾崎が自ら返品作業をやっているのを見て、愛奈はしまった、と思った。

「なんの用だったの？　ちょっと嬉しそうね」

尾崎の声は穏やかだが、目は笑っていない。

「え、あの」

学生アルバイトの愛奈が、仕事中誰かに呼び出されるということは珍しい。しかも、それで三十分も仕事を中断したのだ。問われても仕方ない。それで、これまでの経緯を順を追って話した。

「そう、そういうことがあったの」

「すみません。無駄なことをして」

「そうね。確かに、頼まれもしないのにネットショップで本を購入して、それを転売するっていうのは、確かに書店員の仕事としては行き過ぎよね」

尾崎の言葉に、愛奈は内心ひやりとする。

「お客様が求めている本を誠意をもってお探しする、それが絶版になっていたら正直にそれを告げる、そこまでやるのが私たちの仕事。それ以上のことをやっていたらいくら時間があっても足りないし、本来やるべき仕事の方がおろそかになりかねないわ」

尾崎はきちんとした性格だ。何がよくて何が悪い。その線引きがはっきりしている。だから、自分がやったような中途半端な行為を嫌うのだろう。叱られる、と愛奈は覚悟したが、それに続く尾崎の言葉は意外なものだった。

「だから、私だったらやらないけど、結果お客様が喜んでくださったのなら、いいんじゃない？」

「えっ、そうですか？」

「最近つくづく思うのは、こういう仕事に正解はないのね。今回あなたのやったこと、『すてきなケティ』を古本で見つけてお客様にお渡ししたこと、その行為だけではうちのお店に一円の利益ももたらさない。だけど、たぶんそのお客様はこれからこのお店を贔屓《ひいき》にしてくれるでしょうね。この店で買うことを特別なことだと思ってくれる。それは、あなたが無償の親切をしたから。今日、帰りがけに買ってくださったというのも、そういうことでしょう。だったら、あなたのやったことはうちの店としてもプラスになっているということよね」

「そうですね。私がお礼を受け取らなかったから、そのかわりなんだと思います」

「いいお客様でよかったわね」

尾崎は愛奈ににこっと微笑みかけた。その微笑みに、愛奈は救われた気持ちになった。

「あ、はい」

「でも、覚えておいてほしいのは、みんながみんなそういう人じゃないってこと。なかにはネットショップの本を転売するなんてけしからん、という人もいるし、本屋なんだからそれくらいのサービスは当然と思う人もいる。それはわかるわね」

「はい」

それは確かにそうだ。お客なんだから親切にされて当然。たかだか千円足らずの商品を購入するというだけで、店員に威張り散らす人もいる。そこまでエラそうにするなら店に来なければいいのに、と思う客がいないわけじゃない。

「だから、こちらのサービスも相手次第なの。お客様に等級をつけたくはないけど、誠意の通じない相手には何をしても無駄。そういうところで気持ちをすり減らさないようにね。あなたのように熱心な人ほど、そういう相手に会ったとき、精神的に辛くなるから」

「わかりました」

愛奈はそう答えたが、実は言われた言葉の半分もわかっていなかった。それは後で痛感することになるのだ。

10

本社のあるビルの入口を出たところで、彩加は大きく深呼吸した。生温かい、排気ガスの混じった大気だが、緊張感から解放されたところなので心地よい。

今日は店長の国定幹生に付き添ってもらって、正社員の辞令を受け取ったところである。彩加が昇格すると同時に、国定も関東地区のエリア長になるという。今回の彩加の抜擢《ばってき》も、そのことが影響しているらしい。

ビルの建っている場所は、池袋のサンシャインのすぐ手前辺りにある。いつもののように、そのあたりは先を急ぐ女性たちで混雑していた。

迷いはあるけど、せっかくのチャンスだし、飛び込んでみよう。

それに、田舎に帰りたいというのは気の迷い。取手の店を手掛けるたいへんさから逃避したかっただけなのだ、と思う。

田舎は逃げない。帰ろうと思えばいつでも帰れる。だけど、これを逃したら、正社員になるチャンスはないだろう、そう思っての決断だった。

「いきなり店長というのはたいへんだと思いますが、期待してますよ」

初めて会った総務部長は、にこにこしながら辞令を渡してくれた。総務部長なんていかめしい肩書の人は強面《こわもて》のおやじに違いないと思っていたから、柔和《にゅうわ》な顔つきの、腰の低い男性だったので、ちょっと驚いた。だけど、嫌味なく、やさしく励まされたことで、胸の中が明るくなった。自分は本部の人たちには取るに足らない存在に思われているにちがいない、これまでのそんな僻《ひが》みのようなものが薄れていく感じがした。

池袋の駅までは歩いて五分も掛からない。階段を下りて駅の地下道に出たところで、同行していた国定が彩加に尋ねた。

「まだ、ちょっと時間ある？」

「あ、はい」

「じゃあ、ちょっとつきあってくれる？」

「はい、大丈夫です」

喫茶店かどこかに行くのだろうと思ったが、国定は地下道をまっすぐ私鉄の方に歩いて行く。そして、「ちょっと待ってて」と、私鉄の改札の前で彩加を待たせ、チケットを買いに行った。

私鉄に乗る？　吉祥寺はJR線なのに。お店には帰らないつもりだろうか。

彩加が不審に思っていると、国定が「はい、これ君の分」とチケットを手渡した。チケットには「入場券」と書かれている。「改札からすぐのとこなんだけど、入るにはこれが必要なんだよね」

ますますわけがわからない。改札に入って、何があるというのだろう。

国定は先に改札をくぐると、迷うことなくまっすぐ左手の方に歩いて行った。その先には小さな書店があった。十坪くらいしか広さがなく、壁いっぱいに書棚があり、手前の方にはスタンドやワゴン、間の通路はひと一人通るのがやっとの広さ。よくある駅中書店だ。

「ここは個人的にも好きな店でね。自宅が練馬《ねりま》にあるから、学生時代はよくここを利用したもんだよ」

　店長の言葉を聞きながら、なにげなく本のタイトルを眺める。えっ、と驚いて二度見する。ちょうど目の高さのところに『青い脂』が置かれている。ソローキンというロシアの作家のSF巨編だ。評判はいいがマニアックな作品なので、この規模の書店には置かれることはまずない。というか、この十倍広さがあっても、ソローキンはふつう置かないだろう。同じ並びにマキューアンの『甘美なる作戦』にラヒリ他の『美しい子ども』、彩加も大好きな岸田衿子《きしだえりこ》の『ソナチネの木』。その下の棚は『東京のディープなアジア人街』とか『パキスタンでテロに遭いました』といったサブカル本。

　いったいどういった選書だろう？　平台《ひらだい》には、『銀翼のイカロス』や『虚ろな十字架』などの売れ筋もちゃんとある。ふくらはぎ本やビリギャル本、週刊誌や女性誌、コミックの類も置かれている。「妖怪ウォッチ」や「艦これ」本も並んでいるから、決して文学オタクの本屋ではなさそうだ。しかし、ちょっと変わっている。

　棚の裏手に回ってみる。裏は文庫コーナーだが、本がひとつの棚に二重に置かれている。つまり、文庫の半分くらいの高さの台を後列の文庫の下にかませ、手前の文庫はふつうに置く。そうすると、前列と後列に段差ができ、後ろの文庫のタイトルも読めるようになっているのだ。坪効率の高さを追求せんがための工夫だ。古書店や個人の棚でなら見たことがあるが、新刊書店では初めて見た。彩加は感心する。

さらに、文庫のラインナップもちょっとヘンだ。戦記ものノンフィクション専門の光人社《こうじんしゃ》NF文庫が棚に二列も並んでいる。

「なにこのマニアック」

思わず声が出る。彩加の勤めている店より光人社NF文庫の在庫は多いだろう。駅中書店だというのに、こんな偏《かたよ》ったラインナップで許されるのか。

「おもしろいだろう」

彩加の反応を見て、国定が笑みを浮かべている。

「ええ、駅中書店って、ベストセラー本ばかりだと思ってましたから、びっくりしました。こんな店があるなんて知らなかった」

「ここは場所柄ベストセラーもきっちり売るんだ。三ケタ行くこともあるそうだ。だけど、棚は濃いラインナップだろう？」

「さすが池袋って感じですね。こんなに光人社の文庫が置いてある店、ほかに見たことない。しかも、この坪数で」

「わずか十坪によくぞ詰め込んだよなあ」

「新刊書店なのに文庫の二段重ねだし。取り出しにくいし、うちみたいな本屋だったら、お客様からクレームが来ちゃいますけどね」

「おや、誰かと思ったら」

棚を整理していた店員が、国定に声を掛けてきた。「敵情視察ですか？」

「ええ、こちらのテクニックを盗みたいと思って、今日はうちの若いのを連れてきましたよ。……こちら、うちのホープの宮崎彩加。……こちらは店長の村上拓海《むらかみたくみ》さん」

国定が彩加と店長を引き合わせる。店長の村上は意外に若い。まだ四十歳にもなっていないだろう。丸い眼鏡の奥から、彩加のことを興味深げに見つめている。

「はじめまして」

「こんにちは。国定さんが連れてくるとは、期待の部下なんですね」

「まさか、そんな」

彩加は否定するが、国定はすました顔で、

「ええ、そんなところです。おたくの棚で勉強させてもらいます」

と、答える。

「おたくがうちから学ぶことなんて、何もないでしょ。そっちは吉祥寺の一番店さんなのに」

「いえいえ、駅中書店で、こんなにユニークな品揃えの店があるとは思いませんでした。こちら、海外文学とかほんとに売れるんですか？」

「ん、わりと動くよ。マルケスの全集なんかも、ロングスパンで売れている」

「すごい……」

マルケスって言えば、南米文学の巨匠ガルシア・マルケスのことだろう。そんな本、うちでも滅多に売れないのに。

「ここでもう十年以上店をやってるからね。うちがヘンな本置いてるのを知っていて、期待してくれるお客さんもついてきてくださる。ありきたりのベストセラーばかりだと、逆にがっかりされるよ」

「常連客がいるんですね。こういう店は通りすがりの人ばかりかと思ってました」

「うちはお客様のリピート率が高いんですよ。版元とか取次の人とかも、通勤の途中で寄ってくれるし」

「確かに、こういう店が自分の通勤ルートにあったら、私も立ち寄るかもしれない」

さすが池袋。

いや、場所のおかげだけじゃない。だったら新宿でも銀座でも同じことができるはず。

だけど、こんな店はほかにない。この店が、この店のスタッフが、十年以上掛かって常連を育ててきたのだ。

彩加は光人社の文庫棚を見つめ、その中から『高松宮と終戦工作』という本を取り出した。

「これ、ください」

「へえ、女性なのにこんな本読むの？」

「いえ、ここを訪ねた記念に」

「だったら、もうちょっと女性向けの本でもいいのに」

「いえ、これがいいんです。これを見たらきっとこの店のことを思い出すから」

「そうなの？　じゃあ、お買い上げありがとうございます。カバーはおつけしますか？」

「はい、お願いします」


私鉄の改札を出て、ＪＲの乗り場に向かう道すがら、彩加は店長に話し掛けた。

「今日はありがとうございました。ああいう書店もあるんだと思うと、すごく励みになりました」

「あの店のすごいところは、ハードカバーの売上の比率が高いことなんだ。駅中書店の定石《じょうせき》では、雑誌やコミック、文庫のベストセラーとか動きのいい商品をたくさん仕入れてたくさん売る、薄利多売《はくりたばい》で坪効率を上げるものだが、あそこは違う。薄利多売もしつつ高額商品を売ることで、利益率を上げている」

「それって、すごいことですね」

「そのために客注を翌日には入れられるように取次《とりつぎ》とのラインを作ったり、わざわざPOS《ポス》でなくスリップで商品管理したり、独自の工夫をしている。うちみたいなチェーン店じゃないから小回りが利くので同じことはできないけど、うちはうちのやり方で戦える、チェーン店だからできることもある。そう思わないか？」

POSというのはデータで商品を管理するシステムのことだ。そちらの方が手集計のスリップより処理が早いとされるが、単店舗管理においてはそうとも言えない。それに、それが売れた時間とかお客がほかに何を買われたかといったことを判断するうえでは、スリップの方が勝るところが多々ある。

「そうですね。駅中書店はそんなに工夫のしようもない。ベストセラーや売れ筋の文庫、コミック、雑誌だけ入れればいいと思っていましたけど、違うやり方もできるかもしれない、それを知ってすごく嬉しかったです」

「そう思ってくれれば何よりだ。ここのところ宮崎さん、元気なかっただろう？　仕掛けるのが好きな宮崎さんにしたら、駅中店じゃやりがいがないと落胆してるんじゃないかな、と気になったんだ」

見抜かれていたか、と彩加は思った。店長とはあまり話をする機会はない。それなのに、ちゃんと自分のことを気に掛けていてくれた。胸が温かくなるような思いだった。

「うちのチェーンとしても、今回は初めての駅中への出店だし、君に期待しているのは駅中書店の新しいやり方なんだ。コンパクトでも書店としての存在感を示せるような店作りができないか、探ってほしいんだよ」

「書店としての存在感……」

「正直なところ、本部は最初日下部くんにまかせたい、と言ってきたんだ。だけど、日下部くんはああいう性格だろ？　新しいことを切り拓《ひら》くような仕事は向いていない。それでどうしようか、と思ったとき、君のことを思いついたんだ。ほら、この前もおもしろい企画書を出していただろ？」

「企画書って？」

「確か、『これを読んだら、これを読め』だっけ？　威勢のいいタイトルのついていたやつ」

　ああ、日下部に提出してボツになった企画書のことだ。日下部に握りつぶされたと思っていたけど、店長も目を通してくれてたのか。

「あれはちょっと過激すぎる、ベストセラーをダシにするのは作家に対して失礼だろうってことで取り上げなかったけど、発想は面白いって日下部くんとも話していたんだ」

発想は面白い？　私のことをそんなふうに評価してくれてたのか。店長と、あの日下部も。

「こういう発想ができる子なら、新しい店作りができるんじゃないか、そう思ったので、きみを店長に推薦することにしたんだ」

「そうだったんですか。それは、日下部さんも賛成されたんですか？」

「もちろんだ。自分よりも適任だって言ってたよ」

日下部のことだから、面倒なことはやりたくない、と思ってのことかもしれないが、それでも自分を評価してくれたことには変わりない。これまで日下部を手厳しく批判してきたことを、彩加は少し恥じた。

「僕も、エリア長として少しは君の力になれると思うし、思い切って新しい店作りを頑張ってほしい」

「ありがとうございます。どこまでできるかわかりませんが、一生懸命やらせていただきます」

お腹の底からやる気が湧いてきた。ようやく前向きに異動と向き合える、と彩加は思っていた。

11

「やっぱり流通とか販売は避けたいな」

ぽつんと友野がつぶやいた。いつもの四人で、今日は構内のカフェに集まってSPI試験対策のための問題集をそれぞれが解いていた。ひとりでやると集中できないので、みんなでやろう、と友野が言い出したのだ。

「何、突然？」

「いや、こういう問題集をやっていると、俺の一番の適職は販売って出るんだよね」

「正しいね。おまえ、そっちに向いてるんじゃないの？」

峻也がからかうような声で言う。

「嫌だよ。販売じゃ土日休みにならないだろ？　就業時間だって夜十時までとか遅いだろうし。俺はアフター5は自分のために費《つい》やしたいし」

「だよねー。私も、販売とか外食はできれば避《さ》けたいなあ」

友野の言葉に、梨香も強く同意する。

「どうして？」

「バイトならともかく、せっかくうちの大学来たんだからね。スーツを着てやれる仕事に就きたいよ」

梨香が言いたいのはプライドの問題、ということらしい。

「社員で採用された場合は現場に限らないんじゃない？　最初は現場にいても、そのうち統括本部とかに変わったりすると思うけど」

「そうなればいいけどね。みんながみんな行けるわけじゃないみたい。バイト先の人とか見てても、正社員でも店長とかになって現場に残る人の方が多いみたいよ。店長とか社員の人って、ノルマは厳しいし、アルバイトが急に来られなくなったりすると休み返上で働いたりするし、たいへんだなあ、と思う」

梨香は大学一年の時からずっと珈琲チェーン店でアルバイトをしている。そこでの経験が言わせるのだろう。それは珈琲チェーンだけでなく、愛奈の勤める書店でもあてはまる話だ。アルバイトやパートの人よりも、社員の方がずっとたいへんそうだ。

「で、梨香はどの業界に行きたいの？」

愛奈は突っ込んで聞いてみる。

「うーん、調べれば調べるほど難しいよね。前はマスコミもいいかな、と思ってたけど、マスコミはどこもブラック企業っぽいし」

「ブラックって?」

「長時間労働だし、サービス残業が当たり前みたい。徹夜仕事とかも多いらしいし」

「でも、マスコミは給料いいし、テレビ局とかだったら聞こえもいいじゃない」

愛奈は一応弁明してみる。愛奈自身は出版社というのも、就活の候補に考えたいと思っている。

「大手に入れればいいけどね。そういうところは競争率がとんでもないし、絶対マスコミって目の色変えてる連中も多いし、そういう人たちと横並びに競うのもなんかうざいし」

「だね。私生活を充実させたいと思ったら、避けた方がいい業界かもね」

友野も同意する。マスコミはふたりの志望からは除外されてるらしい。

そうなのか。書店どころか出版社でもNGなんだ。うかつなことは言えないな、と愛奈は思う。

「マスコミもダメだとすると、どの辺を狙ってるの?」

「うーん、正直言えば、これっていうものはないかも。そこそこのお給料が出て、残業もそんなに多くなくて、週休二日で、夏休み冬休みちゃんと休める仕事なら、それでいいのかも。もちろん仕事もそれなりに頑張るつもりだけど、それで擦り切れちゃうんじゃなく、私生活もちゃんと充実させて、ネイルとかヘアとかにもちゃんと気を遣えるゆとりがある。そういうことが大事だと思う。私、いつもきらきらしていたいんだよね」

「そうだよね。きらきらはしていたいよね」

愛奈も同意する。どこの業種がどうとか、いままで学んできたことがどうとかそれなりのことを言ってみたりするが、社会人経験のない私たち学生には、ほんとのところ仕事のイメージって摑みにくい。私が書店に勤めたいと思うのも、それなら少しは理解できるからだけなのかもしれない。どこに勤めても大差ない気もするし、だけど、それで運命ががらりと変わる気もするし。

何を基準に進路を決めたらいいのか、どうしたら失敗しないですむのか。

誰か教えてほしい。

「どうせ梨香は長く勤めるとは思ってないんだろ？　一番の目標は専業主婦？」

峻也がからかうように言う。

「それができればね。結婚して子供ができたら、会社勤めは難しそうだし」

男女雇用機会均等法の制定から三十年経っても、結局日本の女性の地位はそれほど向上していないのかもしれない。企業の重役や政治家に女性が少ないことがそれを証明している。

「主婦って憧れだよね。稼ぎのいい奥さんと結婚できたら俺も主夫をやりたいよ」

友野が大げさに溜息を吐いてみせる。すると峻也が、

「無理無理、おまえの作る料理は食べられたもんじゃないし、三ヶ月に一度しか掃除しないやつは主婦には向いてないよ」

「そりゃ、おまえの方が料理はうまいもんな。掃除洗濯、下手な女よりよっぽどうまいし。主夫に向いてるよな」

「馬鹿言うなよ。俺はちゃんと就職する」

経済学部の峻也は金融関係志望だ。成績も相当優秀らしいので、それなりのところに就職できるにちがいない。真面目で堅実。面白みはないが、こういう人間が勝ち組になるのだろう。

「俺だって就職はするよ。フリーターなんてカッコ悪いことしたくないし」

友野もきっと大丈夫だろう。ふざけているようで、陰では就活のための勉強もちゃんとしている。商学部で、簿記の資格も持っているらしい。やはり男だからなのだろうか。就活に対する気構えは自分や梨香よりしっかりしている。

「そうそう、おまえのその性格ならきっと販売業の方では引く手あまただよ。伝説の店長とかバイヤーとか、そういうのになれそうだぜ」

「嫌だよ。店長なんてクレーム処理とかそんなんばっかじゃないか。嫌な客相手に

へいこらしたくないよ」

やれやれ、仲間内では販売業についての評価はさんざんだ。でも、いまの大学生で、販売業に行きたいと積極的に思う方が少ないのかもしれない。

この前も、コンビニの店長がたちの悪い客に脅されたってニュースになっていたっけ。そういうのを見ると嫌な気持ちになる。自分はそういう立場にはなりたくないって思う気持ちは私にもないわけじゃない。

だけど……。

「ところで勉強にもそろそろ飽きたな。これからみんなでカラオケでも行かない？」

友野がみんなに提案する。

「いいね。カラオケ、久しぶりだし」

「そんなに長くなければ、俺もＯＫ」

梨香と峻也は賛成する。

「ごめん、私この後、約束があって」

愛奈はおそるおそる切り出す。

「そうなの？」

「バイトの友だちと会う約束をしていて。しまったな、今日にしなきゃよかった。

いまからでもキャンセルできるかな」

愛奈は少し大げさに嘆《なげ》いてみせた。行けなくて残念、というところを見せておかないと、次には誘ってもらえないかもしれない、という恐れが気持ちのどこかにある。

「いいよ、いいよ、そんな無理しないでも」

「先約があるなら仕方ないよ。そっちは何時から？」

「四時に吉祥寺で待ち合わせしているから……そろそろ行った方がいいかな」

ほんとは六時からの待ち合わせだが、カラオケは実はあまり得意ではない。正直に言って、時間までつきあえ、と言われるのが嫌なのだ。

「だね。じゃあ、また」

「今度は絶対行くから。また誘ってね」

三人が穏やかに送り出してくれたので、愛奈はほっとした。

12

彩加とは吉祥寺駅近くのヒラタパスタという店で会った。イタリアンだが野菜料理が充実していることと、野菜とパスタのセットで千円を切る手頃な値段がふたりは気に入っている。愛奈は野菜サラダとしらすのペペロンチーネ、彩加は温野菜とカルボナーラを注文した。テーブルの上にずらっと並んだ料理を、それぞれ取り皿でシェアする。

「じゃあ、そのおひさま文庫の方が見つけてくださったわけね」

愛奈は『ケティ物語』が見つかった経緯を彩加に説明していた。

「古い本だし、有名じゃないから、ふつうならわからなかったと思う」

「週に一度とは言え、ずっと児童書と関わってきた方ならでは、ね。古い本の知識とかは、やっぱり長年関わっている人にはかなわないもの。だけど、いいな、そういう場所が近くにあるなんて」

「うん、ラッキーだと思う。ちょっとした図書館であればもっと児童書が充実しているかもしれないけど、なんかもっとアットホームな感じ。近所のおばさんがいろいろ教えてくれる、遊ばせてくれる、そんな感じの場所。子供時代にそういう場所が身近にあったって、いま考えるととても贅沢《ぜいたく》な環境だったな、と思う」

「子供の場合は、とくに身近に本のある環境って大事よね。そこで楽しいと思う本に出合えるかどうかで、後々本好きになるかどうかが決まってしまうもの」

「彩加は、子供の頃、そういう環境があったの？」

「うん、私の場合は親戚が小さな本屋をやっていてね。いつも私が好みそうな本を用意してくれていたの」

「それ、すごい。自分のためだけに仕入れてくれるなんて嬉しいよね」

「田舎の本屋だからね。お客の顔が見えてるから。その店では、私だけじゃなく、お得意様が好みそうだという本を考えながら仕入れしていたらしいわ。その店の本の並び方はいまでもよく覚えている。そこだったら親はなんでも買ってくれたので、目を皿のようにして本を探したものよ。初めて自分のおこづかいで本を買ったのもそこだし、文庫本もそこで初めて買ったっけ」

「初めて買った文庫って何なの？」

「嶽本野ばらの『下妻物語』。なんとなく手にした本だけど、はまったなあ。主人公たちみたいに、自分の価値観をちゃんと持った人間になりたい、と思った。ちょうど中学生で、女子のべたべたした人間関係に疲れていた頃だったから、よけいかっこよく見えたんだろうけど。当時の私のバイブルだった。何度読み返したかわからないよ。いまでもどこかあのふたりを目標にしているところがある」

　なるほど、言われてみれば彩加のまわりに媚《こ》びないところや、好きなことにまっすぐなところは『下妻物語』の主人公たちにちょっと似ている。

「それってすごいね。もしその店で『下妻物語』を彩加が手にしなかったら、いまと違う彩加だったかもしれないんだね」

「うん。私の精神のある部分は、あの店のセレクションによって形成されたと思っているわ」

「それを考えると、町の本屋の役割ってすごいね。これからの読書人を育てているんだね」

「私もそう思う。大型店があれば町の本屋はいらないって言う人もいるけど、子供とかお年寄りとか、行動半径が限られている年齢層にはなくてはならないものだと思う」

彩加が熱く町の本屋を語る。愛奈はそこまでは熱くはなれない。東京に生まれ育った愛奈には、歩いて行けるところにある本屋でも三百坪あった。それ以外にも、小さな店が行動半径にあったたし、電車で二駅も行けば千坪クラスの本屋も存在したのだ。

それよりも、おひさま文庫のパーソナルな空間が、自分の好みには合っている。ああいう文庫がいつまでも残っているといいな、と思うのだ。

「その店って、まだあるの？」

「うん。伯父が去年亡くなって、伯母ひとりになったけど、いまのところ頑張っている」

「彩加の出身って、静岡だっけ？」

「静岡県沼津市。伊豆《いず》半島の付け根のあたりだよ」

「へえ、いいところだね」

「まあ、景色だけはね。富士山がすぐ傍にあるし、海沿いだからね。それから、魚はやっぱりおいしいかな」

「いいなあ、行ってみたい」

愛奈にとって伊豆の辺りは観光で行くところだ。富士山や海、海の幸に温泉。それくらいしかイメージできない。

「来週、帰省するつもりなんだ。親に、正社員になったことを報告しなきゃいけないから」

「え、ほんとに？　おめでとう！」

愛奈は心から祝福した。会社にもよるが、契約社員から正社員に上がるのはなかなか難しいらしい。このご時勢、よほど優秀な人間でないと昇格できないと聞く。愛奈の店の優秀な書店員である尾崎志保でも、この春ようやく正社員になったばかりだ。

「ありがとう。だけど、社員になった早々異動することになりそうなんだ」

「異動？　どこに？」

「茨城の取手。新しく取手駅に店ができるので、そこの店長をやってくれ、と言われている」

「いきなり店長、二重にめでたいね」

「十坪もないくらいの小さな店だけどね」

「それでもすごいよ。おめでとう。いつオープンなの？」

「来年一月十五日の予定。その一ヶ月くらい前から、準備のためにあっちに行くことになると思うけど」

「じゃあ、東京を離れるってこと？」

「うん。取手なら今のところから通えないこともないけど、往復三時間はもったいないし、体力的にもしんどいから」

「そっか。それは寂しいな」

明るかった気持ちに影が差す。彩加が遠くに行ってしまう、そんなこと想像もしていなかった。いつでも吉祥寺に行けば彩加に会えるつもりでいた。

「そうだね。せっかく近くにいてお互い刺激しあっていたのにね」

愛奈が彩加と親しくなったのは、協力して『薔薇《ばら》と棘《とげ》』という作品を盛り上げたことがきっかけだ。いっしょにフリーペーパーやPOPを作ったり、飾り付けの相談をしたりした。それで売上も伸びたし、何より自分の働きをほかの書店員や版元の人が認めてくれた。それは愛奈にとって大きな勲章になった。学生アルバイトでも、働きかければものごとは動く。手を掛けただけの反響がある。この成功体験は、愛奈が書店業界で働きたいと思う大きな要因となっている。

「刺激なんてとんでもない。私の方が彩加に教わってばかりで、私は何もできないし」

「そんなことないよ。愛奈は固定観念に縛られてないし、ものごとを曇りなく見ているから、とても刺激になった。ほら、三月の震災フェアの時だって、わざわざ東松島《ひがしまつしま》に行ったじゃない。おかげで私もいっしょに避難所を見ることができたし。すごい感謝している」

　愛奈の店ではこの三月に震災フェアをやった。尊敬する小幡亜紀先輩が異動する前の最後の仕事だったので、自分も頑張って手伝った。赤ちゃんがいて身動きできない亜紀先輩の代わりに、東松島の避難所の人たちが作った小物を買い付けに行った。ひとりで行くのはちょっと心細かったので、彩加を誘って行ったのである。

「あれは西岡店長にコネがあったから。私の力じゃないよ。それに、学生だから動く時間もあるし」

「そうだとしても、ふつうは自腹切ってまで行こうと思わないよ。すごい行動力だよ」

「それを言うなら彩加だって、わざわざ休みを潰して人の仕事につきあってくれたじゃない。そっちの方がすごいよ」

「それはそうか」

愛奈と彩加は目を見合わせて笑った。これをやろうと決めたら、手間とか損得とかを考えない、そういう点ではお互い似ている。

「異動までには時間があるけど、来週一度沼津に帰って、伯母さんのところに行ってみるよ。伯母さんが何か相談したいことがあるっていうし」

「うん、大事なことだから、ちゃんと会って伝えなきゃね。きっとご家族や親戚の皆さんも喜んでくださるよ」

「そうだ、愛奈もいっしょに来ない？」

「えっ、私が？」

「レンタカー借りて行けば電車代も掛からないし、宿もうちに泊まればいいし。ちょっと足延ばして、ついでに伊豆とか富士五湖とかをまわってもいいし」

彩加もちょっと寂しいのかな、と愛奈は思った。吉祥寺を離れてひとり見知らぬ街へと移り住む。すごく覚悟がいる。自分ならできないかもしれない。

「それは楽しそうだけど、いいの？」

「愛奈も就活で忙しいだろうから、もし時間が合えば、でいいけど」

「うん。来週の何曜日？」

「金土で考えている。土曜日のシフトを代わってもらえそうだから、それで」

「うーん、もしかしたら私の方がバイトの予定がある日だったかも」

ついこの前も、ＯＧに会いに行くのでバイトを代わってもらったばかりだ。いきなりで、また代わりがみつかるだろうか。それに、新学期が始まったばかりなのに旅行に行くのも気が進まない。

「忙しかったらいいよ。そっちを優先して」

彩加は気にしていないようだ。さっぱりした性格なので、きっと言葉どおりだろう。愛奈は内心ほっとしていた。


「あれ、お父さん、帰っているんだ」

玄関に男物の革靴が揃えてあるのを見て、愛奈は思わず声を出した。

「今週は帰るって、言ってたっけ」

「こら、お父様が寂しい単身赴任からたまに帰ったというのに、迷惑そうだな」

父の慶一《けいいち》が奥から顔を出しながらそう言う。口調は怒っているみたいだが、目尻が下がっている。久しぶりに愛奈に会えて喜んでいるのだ。

「おかえりなさい。迷惑なんかじゃないよ。ちょっとびっくりしただけ。今週は帰らないと思ってたから」

愛奈も同じだ。もう少し子供だったら、父に抱きついているところだ。父が出張から帰ると、いつもそうしていた。昔から愛奈はパパっ子だと言われている。

慶一は今年五十歳になったが、年齢よりずっと若く見える。額の生え際《はえぎわ》は後退する気配も見えず、白髪もまばらだ。体型も若い頃と変わらずスリムである。とは言え、さすがに目尻の皺や顎《あご》の下のたるみに年齢による衰えは見えているが、結婚当初は三歳年下の母より若く見られたそうだ。姉さん女房だと誤解されることがよくあった、と母が今でも憤慨《ふんがい》する。

「どう、広島は?」

「いいね、食べ物はうまいし、気候は穏やかだし、のんびりして住みやすいところだよ。とにかく雪かきしなくていいだけでもずいぶん楽だ」

「広島の前は新潟だったもんね。でも、新潟も食べ物おいしいって言ってなかった?」

「ああ、やっぱりあっちは米どころだし、いい酒が多いんだよ。だけど、広島も」

「ふたりとも、玄関で立ち話してないで、こっちにいらっしゃいよ。珈琲淹れたから」

奥から焦《じ》れたような母の声がした。

愛奈は父と目を合わせ、くすっと笑った。愛奈と父だけで話をしていると、母はいつも仲間に入りたがるのだった。

「いま、そっちに行くわ」

　愛奈は奥に向かって声を掛けた。


「そうか、愛奈もそろそろ就活の時期か」

「うん。今年から就活の解禁は三年の三月になったけど、水面下ではそれより早いってみんな思ってるし、みんな何かしら始めてる」

「ふうん、そういうもんかね」

「あなた、もう少し真剣になってくださいよ。昔と違って就活もいろいろたいへんなんですから。愛奈はまだ志望する業種も絞り込めてないんですよ」

　母が横から口を出す。

「とは言ってもねえ、就活するのは愛奈だからね。こっちの業種がお薦めなんて、パパには言えないし」

「そんなこと言わず、何か就活生にアドバイスってないの？」

「しいて言えば、今のうちにいろんな人に会って、いろいろ話を聞いておけってことかな」

「それはＯＢ訪問とか、説明会に行けってこと？」

愛奈が問い返すと、父は笑って否定する。

「違う、違う。そんな建前の話をするような場所じゃたいした話は聞けないだろう。ふつうに遊んだり、生活している中でも、人に話を聞けるチャンスっていくらでもある。そういう時の方がみんな本音が出るし、案外いい話も聞けるってもんだ」

「そうかな」

「そうだよ。たとえばある会社の社風が知りたいって思う。愛奈はどうやって調べる？」

「まずは会社案内とかチェックして、あとはネットで検索するかな」

「それもひとつのやり方だが、気をつけなければいけないのは、ネットに出てくるのは悪い話の方が圧倒的に多いってこと。自分の会社に満足している人間はわざわざそれをネットに書きこんだりしないからね。九十人がそこに満足していても、十人が不満を持っていて、その中の二、三人があることないことネットに書きこんだら、それが正しいみたいに見えることもある。ネットじゃ、声のでかいやつが正義になりやすいからね。その会社を貶《おとし》めようとして、ライバル会社の人間がわざと悪く書くってことがあったとしても、匿名《とくめい》だからばれにくいし」

「でも、ネットのおかげでブラック企業のやり口が明らかになったりもするじゃない」

「まあね。ネット社会の効用は確かにあるけど、匿名のコメントは話半分で読んだ方がいいと思うよ」

「じゃあ、パパは社風を知るために何をやるの？」

「俺だったら、その会社の近くの居酒屋に行くね。安くてうまい店ならたいていそこの社員が来ているから、その話に聞き耳を立てる。誰しも酒が入るとガードが緩くなるし、つい本音を口にする。知らない人にも、話し掛ければあれこれ教えてくれる。そこで会社の雰囲気っていうのはなんとなくわかるもんだ。あるいは、居酒屋の人にそれとなく聞く。意外とそういう人は見てるとこ見てるしね」

「ほんとにそこまでやるの？」

「まあ、実際にやったことは一度だけ。今の会社に就職しようか、もうひとつ別のところにしようか、迷った時」

「うわっ、ほんとにやったんだ」

自分の父親ながらすごい、と思う。まるで探偵みたいだ。

「でも、学生には場違いな場所だし、いたたまれずにいたら、隣の人に話し掛けられたんだ。それが今の会社に勤めている人で、すごく感じがよかった。こういう人のいる会社ならいいかなって、それで腹を決めた」

「じゃあ、社風とかじゃないじゃない」

「でも、その人自身がプライドを持って仕事してるっていうのがなんとなく伝わった。そういう気持ちが持てる職場っていうのは、悪いところじゃないだろ？」

「ん、でも、たまたまそういう人だったってことじゃないの？」

「そうかもしれない。だけど、そこでいい人に当たったたってことも縁だと思ったんだよ」

「縁……」

「大事なことって、案外そういうことで決まるもんじゃないかい？　頭で考えてもなかなか結論は出せないし、迷うってことは、どっちにもいいところがあるってことなんだから、縁のある方で決めてもいいと思わないか」

「そうねえ」

「就活のために勉強したり、ネットで情報を集めるのもいいけど、その前にもっといろんな人に会ったり、こういう働き方っていいな、と思うようなことを見聞きするといいと思うよ。そうして動くことで、いろんな縁というものが紡《つむ》がれていくと思うから」

縁を紡ぐ。企業で働いているのに、父はずいぶんロマンチックな考え方をしている。だけど、そういう考え方は自分も好きだ。

「そんなこと言っても、そろそろ愛奈もバイトを辞めて就活に専念する時期じゃないの？　おとなりの山下《やました》さんのお嬢さんは、三年の夏にはバイトを辞めたって言ってたわよ」

　専業主婦である母の方がリアリストだ。企業と遠いところにいるから、むしろ不安が強いのかもしれない。

「今年から就活の時期が少し後ろにずれたんだよ」

　愛奈は母に向かって抗議する。

「そうは言っても——。そろそろ説明会も始まってるんでしょ。バイトはいつまで続けるの？　あなたバイトに入れ込みすぎじゃないかと思うわよ。おこづかいならあげるから、就活のこと、まじめに考えなさい」

「わかってるって。もう少ししたら、バイトもちゃんと辞めるから」

「辞めるって、いつ？」

「えっと、二月いっぱい」

「二月？　ちょっと遅くない？」

「大丈夫だって。そろそろシフトも減らしていくように頼むから」

　母はまだ何か言いたそうだったが、父が不愉快そうな顔をしていたので「お菓子を持ってくる」と言って、キッチンの奥に引っ込む。リビングから、対面式のキッチンカウンター越しに母が冷蔵庫から箱のようなものを取り出しているのが見える。父の帰宅を知って、ケーキでも用意していたのだろう。愛奈の父は酒呑みだが、甘いものも好きなのだ。

彩加といっしょに沼津に行ってみよう。

ふいにその考えが頭に閃《ひらめ》いた。自分の就職には結びつかないことかもしれないけど、本屋で働くことの意味はちょっとわかるかもしれない。

それに、母の言うこともほんとだ。これから先になればなるほど就活に時間が取られ、彩加につきあうのが難しくなるだろう。

来週、時間が取れるか調整してみよう。

愛奈はスケジュール帳を取り出して、予定の確認を始めた。

13

東京育ちの愛奈にとって、富士山は天気のいい冬の日に、白くぼんやりと見えるものだった。しかし、ここ沼津では違う。富士山は細部までくっきり形を成し、圧倒的な存在感でこちらを見下ろす。車を降りて思わず愛奈は「わお」と歓声を上げた。テンションが上がる。スマートフォンを取り出して写メを撮る。

「みんな必ず写真撮るのよね」

彩加は苦笑している。それでも、愛奈は撮影を止《や》めない。こんなにいいポジションで富士山が撮れるのだから、撮らずにいられようか。日本人のＤＮＡには、富士山をリスペクトするという情報が書きこまれているにちがいない。

一通り撮影すると、愛奈は大きく息を吸い込んだ。かすかに海の匂いがする。

「いいところね。すぐ近くに富士山が見えるし、駿河《するが》湾もある。住むには最高ね」

「じゃあ、愛奈、ここに住んでみる？」

「それは……」

ふいに聞かれて、愛奈は口ごもった。ここに限らず東京以外の場所に住む自分というものを考えたことがない。

「冗談よ。東京育ちの愛奈は、きっと一週間で退屈するわ」

そんなことわかっているから、と言うように彩加は笑顔を浮かべた。

「さて、伯母さんのところに挨拶に行きましょうか」

車を降りて、家の密集している方へと歩いて行く。と、そこには昔懐かしい商店街が現れる。肉屋、魚屋、乾物屋、八百屋や文具店と、一通りのものは揃っているらしい。珈琲とか牛丼の全国チェーンのような見慣れた看板はない。午後のランチタイムを過ぎた時間のせいか人通りは多くはないが、魚屋の前だけは客が五、六人集まっている。商店街のちょうど真ん中くらいに妙に洒落《しゃれ》たパン屋があった。古めかしい引き戸の扉に漆喰《しっくい》の壁。引き戸の木枠は白いペンキが塗られ、木で作った看板に、「窯《かま》焼《や》きパン lezzetli」という店名がペンキで手書きされている。ナチュラル系を演出したようなその店は、地方の商店街より吉祥寺にあった方が似合うかもしれない。

そして、その隣に前田書店がある。田舎の小さな本屋と彩加は言っていたが、二十坪くらいはあるだろうか。想像していたより大きい。中に入ると、右手のレジカウンターの前で初老の女性がお店の人と話し込んでいる。

「それで、うちのもんはみんな困ってるのよ」

「そりゃ、たいへんですねえ。……あ、いらっしゃい。早かったね」

レジカウンターにいた五十代くらいの女性、眼鏡は掛けているが、顎の形とか、雰囲気が彩加にちょっと似ているので、これが彩加の伯母さんだろう、と愛奈は思う。お客の方も振り向いて愛奈たちを見た。

「あ、これうちの姪《めい》なんです。それとお友だちの、ええっと」

彩加の伯母が客にふたりを紹介する。

「高梨です。高梨愛奈」

愛奈は自分でフォローを入れた。

「ああ、東京の本屋に勤めとる姪ごさんね。お友だちも東京の人？　こんな田舎にようこそ。矢沢《やざわ》といいます」

「はじめまして」

彩加は愛想笑いを浮かべて挨拶している。愛奈の方は黙ってお辞儀を返した。

「前田さんには、いろいろお世話になってます」

「そんなこと。うちの方こそ会長さんご一家にはお世話になって。……あ、こちら商店会の会長をしておられる矢沢さんの奥さん」

なるほど、商店会の会長夫人ならここの店主とも親しいわけだ。彩加のことを知っていてもおかしくない、と愛奈は納得する。

「まあ、ゆっくりしてってください。なーんもないところだけど、この辺は海も近いし、景色だけはいいから」

そんなことを言いながら、会長夫人は店を出て行った。その人が出て行くと、店にはほかに客はいない。愛想笑いではなく身内の顔になって店主が彩加に尋ねる。

「いま着いたの？　家には寄った？」

「ううん。先にこっちに来た。高梨さんも本屋でバイトしてるから、この店を見せようと思って」

「あら、東京の本屋を知ってる人なら、こんな古ぼけた店、つまらんでしょう」

「いいえ、うちの近所にも昔同じような店があったから、なつかしいです」

愛奈は一通り歩いて棚を見て回る。真ん中は雑誌や文庫の棚。棚の高さが低く、通路の幅も大型のベビーカーが悠々《ゆうゆう》と通れる広さがあるのでゆったりしている。一番目につく平台《ひらだい》には文芸書が置かれている。『村上海賊の娘』や『銀翼のイカロス』など、数は少ないが最近のベストセラーも入っている。目立つのは児童書コーナーと学習参考書の充実だ。『ぐりとぐら』とか『はらぺこあおむし』といった定番のロングセラー絵本から『100かいだてのいえ』シリーズや『おかあさんだいすきだよ』などの近年のヒット作も置かれている。『アナと雪の女王』や『妖怪ウォッチ』といったメディア関連商品も外してはいない。小学生の児童向けには青い鳥文庫やつばさ文庫だけでなく、岩波少年文庫の品揃えも充実していた。

「こちらのお店は、やっぱりファミリーが多いんですか？」

彩加の質問を、店主は笑って否定する。

「家族連れに来てほしいんだけど、うちはやっぱりお年寄りが多いんですよ。若い人たちはショッピングセンターに行ってしまうからねえ」

「でも、こんなに児童書が多いのに」

「もっぱらお孫さんのプレゼント用に買ってくださるんです。いまどきはみんな好みがうるさいでしょう。洋服とか食べ物とか送っても喜ばれなかったりするし。その点、本は値段も安いし、はずれが少ないって言われるんですよ」

「そうなんですか」

「もっとも、このままでは先細りだし、商店街でも若い人がもっと来られるようにしないとって、いろいろ工夫してるんですがねえ」

　その時、からんころん、と扉の開く音がした。

「こんにちは」

　入ってきたのは、三十くらいの大柄な男性だった。Ｔシャツにエプロンを着ているところを見ると、通りすがりの客ではない。おそらく商店街の人だろう、と愛奈は見当をつける。

「あれ、大田《おおた》さん、こんな時間にどうしたの？」

「矢沢さんの奥さんから、こっちに姪ごさんが来てるって聞いたから、それで」

　男性は愛奈と彩加を見比べる。

「あ、うちの姪はそっち。彩加、こちらはおとなりのパン屋のえっと、なんだっけ」

「レゼットリの大田英司《えいじ》です。はじめまして」

　大田は屈託のない笑顔を浮かべた。Ｔシャツの袖からしっかり筋肉のついた腕が見える。スポーツで鍛えたのか、日々の労働が作り上げたのか、机のひとつやふたつは軽々持ち上げられそうな腕である。

「それから、こちらは彩加のお友だちの高梨さん。ふたりとも東京からさっき着いたところ」

大田は好青年を絵に描いたような微笑みを浮かべている。愛奈も「こんにちは」と挨拶を返すが、彩加が黙ったまま何も言わないので、ちょっと居心地が悪い。

「あの、レゼットリってどういう意味なんですか？」

黙っている彩加に代わって、愛奈が質問する。

「トルコ語でおいしいっていう意味なんです」

「どうしてトルコ語？」

「僕がパン屋をやろうと思ったのは、トルコですごくおいしいパンに出合ったからなんですよ。僕がおいしいと思ったパンをみんなにも食べてもらいたい、その初心を忘れないためにトルコ語でつけたんです」

「へえ、じゃあトルコのパン専門店なんですか？」

「ええ、そうです。パンについてはトルコで二年間修業しただけなので、それ以外の作り方を僕は知らないんです」

沼津の商店街にトルコのパン。なんだかミスマッチな気がする。

「トルコはヨーロッパとアジアと両方の文化が交わるところですし、宮廷文化の栄えたところですから、料理のレベルも高いんですよ。それに日本人の口にもあう。後でぜひうちの店に来てください」

「変わったパンもいろいろあるよ。焼いた鯖《さば》をパンにはさんだやつとかね。なかなかおいしいけど」

彩加の伯母がフォローを入れる。それ有名なサバサンドだから、と愛奈は心の中で突っ込む。高円寺《こうえんじ》のカフェで食べたことあるやつ。

「で、今日はなんの用？」

伯母さんがパン屋に尋ねる。

「ほら、おばさん、例の件」

「ああ、あれ？　実は姪にはまだ何も話してなくて……」

「何の話？」

自分のことを言われて、彩加が初めて反応した。

「ああ、すみません。あの、実はおばさんと、この店をブックカフェにできないか、って話をしているんですよ。それに、彩加さんも協力してくれないか、って思ってるんです」

「ブックカフェ？」

愛奈と彩加は思わず顔を見合わせた。

大田は三年前に前田書店の隣に引っ越してきて、トルコパン専門店を開店させた。この地を選んだのは、趣味のスキューバダイビングのために海の近くで生活したかったこと、そして、この商店街にうまい魚料理の店があったから、ということらしい。

「一日中潜って、帰りにここの商店街にある浜田やって店に寄った時、商店街の物件が空いてるって話を聞いたんです。浜田やはダイビング仲間にも魚料理のうまい店として有名で、ずっと行きたいと思っていたんですが、その日初めて訪ねたんです。そこで店主と意気投合して、店を開きたいならここでやったらどうか、って薦められたんです。実は東京の方で店を探してたんだけど、なかなか希望通りの物件がない。それまで沼津で店を開こうとは思ってなかったけど、ここの商店街はなかなか雰囲気がいいし、スキューバやるにも近くていいな、と思ったんです」

すぐに不動産屋と交渉し、半月後には契約を終えていた。しかし、それからがたいへんだったらしい。敷金礼金保証金を支払うと準備したお金はほとんど消え、改装費用もなかったので、仲間に手伝ってもらいながら自分で改装した。改装作業のかたわら地元の祭りなどに出店し、資金稼ぎと宣伝をした。もくろんでいたダイビングなど、とてもやれる暇はなかったらしい。しかし、オープンした直後から、東京でも滅多にないトルコのパン専門店ということで注目されたこと、テレビのローカル番組でも紹介されたことから、少しずつ名前が浸透していった。

「そうしてわざわざ静岡とか遠くからもお客さんが来てくださるようになったんですけど、お客さんに言われるんですよ。この近くに素敵なカフェがあればもっといいのにって」

遠方からこの地に来るからには、目的はパン屋だけでなく、ほかにもあるといい。商店街の中に三つくらい目的があれば、よそからも客を呼べるだろう。

「それでブックカフェ」

「ええ、ただカフェを開いてもおもしろくない。どうせだったら、プラスアルファの価値がある方がいい。それに、ブックカフェならいろんなイベントもできるし、違う客層を集めることもできる。商店街の活性化にも繋《つな》がることになると思うんです。それで、前田さんになんとかできないかとお願いをしているんです」

「大田さんの提案はおもしろいと思うけど、私はずっとこの形でやってきたから、ブックカフェってのがわからなくてね。内装も変えなきゃいけないし、本の品揃えだってこのままってわけにはいかないだろう？　それで、あんたのことを思い出したんだよ。あんたなら、東京にいるからそういうのもよく知ってるだろうし、相談に乗ってくれるんじゃないか、と思ってね」

「伯母さんの相談って、そういうことだったの」

彩加は複雑な顔をしている。あまり乗り気ではないらしい。

「そういうこと。新しいことは私にはよくわからないし、あんたは東京で大きな書店に勤めてるし、相談に乗ってくれればと思うんだよ」

「私からもぜひお願いします。この商店街にもっといろんな職種が集まれば、もっとよくなると思うんです。近いうちにトルコ料理のシェフをしている僕の友人が、ここの商店街で店を開く予定になっています。それから、ギャラリーをやりたいっていうやつもいる。ここにブックカフェができれば、さらに活性化するはず」

「つまり、町おこしとかそういうことなんですか」

愛奈が横から口を挟む。

「そう言われればそうかもしれません。僕としたら、ここがもっと楽しい場になればいいと思うし、若い人たちがもっと来てくれるようになるといいと思う。それだけなんだけど」

「大田さんのお店ができて、若い人がわざわざ遠くからも来るようになったんだよ。商店会としてもこれはひとつのチャンスだし、そういうお客が二度三度足を運んでくれる商店街にしなきゃ、と考えてるんだ。だから、うちの本屋をどうしていくかっていうのは、うちの店だけじゃなくて商店街全体の問題でもあるんだよ」

ろくに知らない土地でいきなり店を開く思い切りのよさ、それを短期間で成功させる実力。熱量が高くないとできないことだ、と愛奈は思った。そして、その熱量が彩加の伯母さんにも影響している。

「もし、内装に手を入れたいというようなことがあれば、僕も手伝いますよ。自分のところの内装も、電気工事以外は自力で仕上げましたし、大工仕事には慣れてますから」

モノ作りをしている人間っていうのは、もっぱら消費専門の都会の人間にはない力強さがある。浮ついてないというか、ちゃんと視線が前を向いている、と愛奈は感嘆する。

その時、店の扉が開いて、矢沢が再び顔を出した。

「英ちゃん、店にお客が待ってるよ」

「あ、いけない、そろそろ戻らなきゃ。おふたりも、あとでうちに寄ってください。うちのパン、評判いいんですよ」

大田が帰って、ふたたび店内は三人になった。

「ブックカフェねえ。静岡の駅前とかならともかく、この商店街でどうなのかな」

彩加は遠慮がちに、だけど否定的な見解を告げる。

「それにブックカフェって言ったら、カフェがメインで、扱う本については古本のみっていうところが多いんじゃないかな。売り場が千坪もあるような新刊書店だったら、店内に喫茶室があったりするけど、それをブックカフェとは言わないし」

「ブックカフェってほど洒落たものになるかはわからんけど。珈琲が飲めるようなコーナーを作るのはいいと思うんだよ。うちの店には長々と立ち話をしに来るお客さんも多いから、ちょっとしたテーブルと椅子があれば喜ばれるだろうしね」

「でも、伯母さんひとりでレジと両方できるの？」

「やり方次第だね、って英ちゃんには言われた。英ちゃんって、さっきの大田さんだけど。レジったって、そんなに混むわけじゃないし、珈琲メーカーを用意すれば珈琲の作り置きもできるしね」

「それにしても、売り場の方に水道を引いたり、珈琲メーカーを購入したり、保健所とかの許可もいるんでしょう？」

「それは一歩ずつ解決していかなきゃいけないと思う。何せ新しいことを始めるんだから」

彩加の伯母さんの目は輝いている。意欲満々のようだ。

「大丈夫かな。あんまり軽く考えていると、たいへんだよ」

その伯母を諫《いさ》める二十代の姪。どちらが年長かわからないな、と愛奈は思った。

「だから、あんたに相談するんじゃないか。東京の、いろんなやり方を見てきたんだろ。どうやったらいいか、考えておくれよ」

「わかったわ、ちょっと調べてみる」

伯母の熱意に押されて、しぶしぶ彩加は返事をした。

「頼んだよ」

伯母は任せた、というように彩加の肩をたたいた。彩加はそれには返事をしなかった。


車に乗り込むと、助手席の愛奈はスマートフォンで「lezzetli　パン屋」と入力してみた。途端に数えきれない数のサイトにヒットする。

「うわ、結構有名なんだ」

評判はいい。窯焼きの本格派。美味。コスパがいい。トルコのパンが珍しい。静岡を代表するパン屋、とまで書かれたものもある。

「何が？」

「あのパン屋。パンのコンテストで優勝したりしてるらしいよ。わりとちゃんとしたところみたい」

「そんなことより、ほら、右手を見て」

彩加がハンドルを握ったまま愛奈に注意を促す。露骨《ろこつ》に話題を変えられた、と思ったが、彩加の差した方を見て、思わず歓声《かんせい》が漏れた。

「ああ、すごい！」

海越しに富士山が見える。海と富士山。笑ってしまうくらいいかにもな組み合わせだが、それでも感動的だ。この大きさと圧倒的な存在感はどんな名画でも表現できない。ここまで来ないと目にすることができないものなのだ。

「こっちからだと写真撮りにくいな」

「さっき、あれだけ撮ったじゃない」

「だって、あの時は海はなかったし」

「うちの庭からも見えるから。着いたらゆっくり撮ればいいよ」

「そう。うちから海と富士山が見えるなんていいね」

「いいというか、生まれた時からそれが当たり前だったし」

彩加は前を向いたまま、愛奈の会話に応対している。

「こういうところに生まれていたら、ほかのどこに住んでも景色は見劣《みおと》りするんじゃない？」

「沼津だけじゃなく、この辺に住んでる人はみんなこの景色が日本一だと思っているよ。景色だけだけどね」

彩加の口調は自嘲《じちょう》気味だ。景色以外は何もない、そんなふうに思っているのかもしれない。

「だけど、いつもこの景色を見ているかそうでないかでは、気持ちの持ち方が違ってくるかもしれないね」

「どういうこと？」

「海とか山とか、こんなに雄大なもの、人が作り上げることのできない素晴らしいものを目にしていたら、自然に対する尊敬というか、人智を超えるものに対する畏《い》敬《けい》の念が自然と芽生《めば》えるんじゃないかと思う」

　東京に住んでいると、感動するのはむしろ人工的なものの大きさだ。都庁とかスカイツリーとか、そうしたものに喜びを感じる。東京には話題になるような建物がたくさんある。それは東京人の誇りだ。だが、そういう感性と、富士を誇る気持ちはあきらかに違うだろう。

「それは……確かにね。だから静岡人は現状に満足する、自己肯定的な人間が多いのかもしれない」

　彩加の言葉の奥に皮肉な響きを感じて愛奈は少し驚いた。

「それって、いいことなんじゃないの？」

「いいことだよ。だけど、なんだろう、ときどきその生温《なまぬる》い感じ、馴れ合いの空気がたまらなく嫌になることがある。透明な膜の中にすっぽり覆《おお》われているような息苦しさを感じるんだ」

「透明な膜？」

「そして、何より、そこに馴染んでしまいそうな自分が怖い」

ふいに彩加は傷ついた子供のような表情になった。いままで見たことのない、素の顔なのかもしれない。

「こういう想いってあんまりわかってもらえなくて、だから私は東京に行ったんだよ。もっと限界のない何か、言葉ではうまく言えないんだけど、ぎらっとした、生々しい手ごたえを感じたい、と思ったんだ」

「それは——手に入ったの？」

「わからない。だけど、息苦しい感じはしない。前に進んでいる実感がある」

それきり彩加は黙り込んで、運転に集中した。

地方から望んで上京してきた人たちは、多かれ少なかれ彩加のような切実な気持ちを持っているものなのかもしれない。自分は東京に生まれ育ち、そこの生活に不満がないから、彩加の気持ちはわからない。

東京はあまりに大きくて、刺激的で、すっぽり覆う膜など存在しようもないのだ。

ふたりとも黙ったままドライブが続き、「見えた。あそこの家」と彩加が指差したのは、十数分後のことだった。

彩加の家は海の見える斜面に建てられた木造の古い家だった。庭の草木がよく手入れされている。へちまの蔓《つる》が南の掃出《はきだ》し窓を覆って木陰を作っていた。「いらっしゃい」と出迎えてくれた人は、彩加にも、先ほどあった本屋の女主人にもあまり似ていなかった。彩加の母の久美子は色白のきめ細かい肌、優しい目鼻立ちは年よりずっと若く見え、どこかひ弱そうな印象も与える。商店街で三十年夫を助けて働いていたその姉の、背筋が一本通ったようなたくましさは感じられない。

「おかえりなさい。疲れたでしょう」

満面の笑みを浮かべて、その人は娘と愛奈を迎え入れる。そうして、お茶だの茶菓子だの奥からいろいろ出してきて歓迎をしてくれた。挨拶だの紹介だのが終わると、彩加がおもむろに口を開いた。

「あのね、今日帰ったのは、報告があるんだ。私、来月から正社員に昇格することになったの」

「あらまあ」

彩加の母の顔がさっと喜びの色に染まる。

「よかったわねえ、ほんと、頑張ってきた甲斐があったわね。お父さんに報告しなきゃ」

それから仏壇に手をあわせたり、お祝いに寿司を取らなきゃと電話を掛けたり、乾杯用のビールがあったかしら、と納戸に見にいったりと、彩加の母は落ち着きがない。そうして、一通りのことをすませてソファに座った母親に、彩加は切り出した。

「伯母さんに会ってきたよ。私に跡を継がせたいっての、勘違いだよ」

「え、あらそう？　前はそう言ってたんだけどね」

娘に強い口調で言われ、彩加の母はあからさまにうろたえている。

「店をブックカフェにしたいっていうんで、私にアドバイスとかしてほしいらしいんだけど」

それを意識してか、彩加は口調を和《やわ》らげた。

「へえ、そうなの。そういえば、お隣のパン屋さんに新しいやり方を薦められたとか言ってたわね」

「だけど、伯母さん本気でやるつもりなのかな。どうもうさんくさいよ、あのパン屋」

「そうかしら？　結構いい人みたいだけど」

「そもそもトルコのパンっていうのがよくわかんないし。人の店をブックカフェにしろだなんて、よく気軽に言うと思うよ。おしゃれな若者を引き付けるようなブックカフェって、それなりにノウハウがいるし。そもそも改装するのにも費用が掛かるじゃない。それを伯母さんが自分で出さなきゃいけないんでしょ。それでお客が増える保証はないし、元が取れるとは思えないよ」

　彩加が苛立っているのは母や伯母ではなく、パン屋の大田に対してのようだ。こんな感情的になっている彩加を見るのは愛奈も初めてだった。

「そうぽんぽん言わないで。伯母さんもそれはわかってるから」

「というと？」

「最近ではみんな郊外のショッピングセンターに流れるから、商店街もめっきり客が減ってね。港にもっと近いところはそれでも観光客が呼び込めるけど、もともとあそこは地元の客相手でしょう。年々活気がなくなるばかりなんだよ」

「まあ、そうでしょうね」

「だけど、あのお隣のパン屋さん、なんて言ったかな」

「レゼットリ」

　不満を言うわりには、ちゃんと店名を覚えている。

「そうそう、あそこ、有名でね、テレビが取材に来たりするんだよ。古い商店街とトルコパンってミスマッチが面白いらしくてね。それに、トルコのパンなんてどうかと思ったけど、これがなかなかおいしいんだよ」

「それが伯母さんの店にどう関係があるの?」

「あれができて、いまじゃ遠くからもお客があそこに買いに来る。それって、商店街の人たちからすれば驚きだし、自分たちも何かできるんじゃないかってそんな気持ちにさせられるんだそうだよ」

「だからって、店を改装するとなったらお金が掛かるし」

「お金はね、伯父さんの保険金が入ったところだから、なんとかなる」

「でも」

「それで劇的によくなるなんて、伯母さんも思ってないよ。だけどね、自分の店がどうしたらいいかってことを真面目に考えてくれた人はいままでなかった。だから、その期待に応えたいって思ってるんだよ」

それを聞いて、彩加ははっとした顔になった。

「こんなご時勢だから、みんな自分のことで精いっぱいでしょう。だけど、あのパン屋さんは自分だけじゃなく、商店街みんなでよくなろう、と言ってくれる。若い人なのに、それはなかなか言えないよ」

彩加は黙ったままだ。ちょっと傷ついたような顔をしている。

「そりゃ、あんたは東京でいいものをたくさん見ているだろうし、こんな田舎のしょぼいところじゃ何をやってもうまくいかん、と思ってるかもしれない。だけど、だったらあんたの知識や経験を伯母さんのために少し使ってあげてくれないかな。うまくいってもいかなくても、それは伯母さんの励みになるから」

　母親の言葉を彩加は黙って聞いていた。下唇を少し突き出したその表情は、小さい子がふてくされているようだった。


　その晩、愛奈と彩加は客間で布団を並べて寝ることになった。明かりがついているうちは、たあいもない話をぺちゃくちゃしゃべっていたが、電気を消してからはふたりとも黙りこくった。

「ねえ、愛奈はどう思う？」

「どうって？」

「ブックカフェの話」

「確かに難しいかもしれないし、彩加が危惧《きぐ》する気持ちもわかるけど、彩加の伯母さんが新しいことをしたいっていう気持ちは、いいなあ、と思ったよ」

　愛奈が答えても、彩加は黙ったままだ。仕方なく愛奈は話を続ける。

「うちの父は洋酒メーカーの営業マンで全国飛び回っているんだけど、地方の商店街はほんとに厳しい、どこでも暗い話しか聞かないって言ってた。それを時代の流れとあきらめて、努力することを放棄している人も多いんだって」

いまの時代どこでも小売業は苦しい。だけど、苦しいことを言い訳にして、何もしない人が多すぎる。いい時代に通用したやり方を、三十年経っても変えようとしない。それでは何も変わらない。父はそんなふうに憤《いきどお》っていた。

「古いやり方に馴れている人は、それを変えることがすごく怖いんじゃないかと思う。彩加の伯母さんみたいに、リスクを覚悟してやろうっていうのは、勇気があると思うよ」

「ほんと、そうだよね。だから、私が横から口出すことじゃないんだけど」

彩加の言葉は珍しく歯切れが悪い。

「たぶん私が嫌なのは、昔どおりの店じゃなくなってしまうってことなんだよね。思い出のある本屋だから、ずっと変わらずにいてほしい。昭和の名残《なごり》のような古い什器《じゅうき》や本の並びがそのまま残ってほしい。勝手にそう思ってるんだよ。そんなこと、無理に決まっているのに」

時々風が窓を揺らすほかは、物音ひとつしない。静かな夜の闇に、彩加の嘆きは吸い込まれていく。

「いくらいい店でも、閉店してしまったら終わり。閉店が決まってから『残念だ』といくら嘆いても仕方ない。ただの感傷。いい店っていうのは、苦しい状況でもそこに踏み止まり、戦い続けている店だってこと、私も書店員だから十分承知しているはずなのに、伯母さんにアドバイスのひとつもしてこなかった。情けないね」

「仕方ないよ。身内で年上の人に、商売のことをあれこれ言えるはずないもん」

「でも、あのパン屋は伯母にいろいろ意見を言って、相談にも乗っていたんだよね。身内でもないのに」

それが褒めているのかけなしているのかわからなくて、愛奈は何も言えない。

「だけど、伯父が亡くなって誰も相談に乗ってくれない心細さ、そこに伯母はつけこまれたって気もするんだ」

「どういうこと？」

「あのパン屋は、自分のやりたいことに伯母を巻きこもうとしてるってこと。それがずっと続くなら、それでもかまわない。商店街は一蓮托生《いちれんたくしょう》だし、いまのところパン屋が来てくれたおかげで、まわりの人たちも助かってるわけだし」

「それが続かないだろうって彩加は思ってるの？」

「それを疑うのは、私が田舎の人間だからかもしれない。結構いるんだよ。ここでずっと頑張りたいと言ってた人間が、ちょっと辛いことがあったり、ほかにいい条件の場所を見つけると、あっさり引っ越すっていうのは」

苦々しい口調だ。余所者《よそもの》に対する警戒心というものは、その土地に対する愛着と比例している。実は彩加の地元愛は見掛けよりも強いのかもしれない。

「それは——仕方ないんじゃないの？」

そして、人の入れ替わりの激しい東京では、そもそも地元という意識すら危ういものだ。今の場所で生まれ育った愛奈でさえ、隣近所にどういう人間が住んでいるかも十分には把握《はあく》していない。

「だけどね、せっかく新しい人が来たんだからって、いろいろ便宜《べんぎ》を図ったり、いっしょに何かやろうと期待していた人たちの気持ちは置き去りなんだよ。自分はそこに生まれ育ったわけでもなく、ただの借家だから、自分がいなくなった後そこがどうなるかなんて考えないんだよね」

たぶん、彩加自身がそういう人間に嫌な想いをさせられた経験があるのだろう、と愛奈は想像する。

「もしかしたら、伯母さんがそれで傷つくことを、恐れているの？」

愛奈の質問に、彩加は答えなかった。しかし、それが答えだろう。

「なんで沼津なのよ。同じ静岡なら、観光客の集まる伊豆とかの方が条件はいいじゃない」

吐き捨てるように彩加は言う。

「そんなに悪い人には見えなかったけど……気になるんなら直接その疑問をぶつけたらいいんじゃない？」

「えっ？」

「そこが解消しなければ、ブックカフェの話も考えられないんじゃない？」

「でも……」

「明日、帰りがけにちょっと寄ってみようよ。おみやげにパンを買いたいと思っていたし。ね、いいでしょう」

　彩加は黙っていた。

「ね、ダメかな？」

「……明日、起きてから考えるよ。疲れてるから、いまはあんまりいい考えが浮かばない」

「わかった。じゃあ、おやすみなさい」

「おやすみなさい」

　そうしてふたりはおしゃべりをやめた。しかし、愛奈は妙に頭が冴えて、なかなか寝付けなかった。隣の彩加からも寝息は聞こえてこない。結局、愛奈が眠りについたのは、深夜二時を回ってからだった。


「いらっしゃいませ」

　店に入ると同時に、明るい声が飛んできた。パン屋の店内には、客はいなかった。店内は思ったより狭いが、漆喰《しっくい》の塗り壁に、天井もクリーム色のペンキで塗られていて、明るい印象を与える。木造りの棚には売り物のパンが並べられているが、十種類くらいだろうか。都会のパン屋の品数の多さを見慣れている目には、少々物足りなく感じる。

「あ、前田さんのところの……」

こちらが名乗るまでもなく、相手の方が気がついた。

「すみません、もうすぐ閉店時間なので、品物が揃ってないんですけど」

この日愛奈たちはあわしまマリンパークに出掛けた。船を渡って訪れる小さな孤島の水族館で、派手な仕掛けはなく、身近な海に生息する魚介類の紹介を中心とした素朴なものだ。海の中で飼われているイルカのショーやお客のすぐ近くで行われるアシカのショーを楽しみ、日本一というカエル館を見学した。館内をのんびりしたペースで散策しながら、愛奈も彩加もよく笑った。空と海が間近に感じられ、こころがゆっくりほぐされていくようだった。そうして半日過ごし、沼津駅前に戻って来たときには、もう四時を過ぎていた。こちらのパン屋は六時には閉店してしまうので、棚の上のパンはいくつも売り切れている。

「人気なんですね」

また彩加が黙っているので、愛奈の方が口火を切る。

「土日は遠方から来るお客さんもいるので、結構はけるんですよ。平日もこれくらい出るといいんですけどね」

　大田はにこやかに返事する。彩加の無愛想も気にしてないようだ。

「ひとりでやっていらっしゃるんですか？」

「昼間は販売をやってくれる人をアルバイトに雇っていますが、この時間はもうそんなにお客もいないので、僕ひとりなんです。人件費節約ですよ」

　テレビに出るような店と聞いたから、さぞ繁盛しているのかと思ったが、そうでもないようだ。

「お薦めはどれなんですか？」

　愛奈が続けて質問する。どうやら彩加はだんまりを決め込んだらしい。いつもは冷静な彩加なのに、この件については妙に感情的だ。

「そう聞かれたら、全部って答えちゃいますけど、トルコらしいパンと言ったら、このシミットとかポアチャがお薦めです」

　シミットはゴマをまぶしたドーナッツのような形状、ポアチャはスコーンのように見える。

「これ、甘いんですか？」

「いいえ、どちらも甘くはないです。ポアチャは白チーズ入りで、朝食向けのパンです。残念ながら甘いパンは売り切れちゃいましたね」

「やっぱりそっちが人気なんですか」

「ええ、そうですね。だけど、もともと甘いタイプのものはそれほど置いていないんですよ。トルコの甘いものと言ったら、恐ろしいくらいダダ甘ですから」

「ダダ甘？」

「ええ、初めてバクラヴァというお菓子を食べた時、強烈な甘さに頭が痛くなりました。パイの上に甘いはちみつが染み出るほど掛かっているんですからね。日本はヘルシー志向で、ケーキなんかもどんどん薄味になっていますけど、トルコでは甘いものはきっちり甘い。なので、日本ではバクラヴァなんかはとても出せないですし」

「本場の味じゃないものは出せないってことですか？」

「もちろん多少のアレンジはしていますよ。今日は売れちゃいましたが、ポアチャにしても、ひき肉を挟んだものとか出していますしね。だけど、トルコのパン屋と名乗るからには、トルコでもこういう食べ方をするという程度のアレンジに留めたいんです。バクラヴァの甘味を控えたら、それはもう別の食べ物ですから」

　思った以上に、ちゃんとトルコの味を伝えようとしている、と愛奈は感心した。

しかし、彩加は黙ったままだ。

「でも、どうして沼津で店をやろうと思ったんですか？　東京や、静岡でも伊豆とかでやった方が商売としてうまく行くんじゃないんですか？」

　彩加が尋ねたいだろうことを、愛奈が代わりに口にする。質問を聞いて大田は笑った。目尻に皺がよったくしゃくしゃな笑顔だ。

「ほんとのことを言うと、選べるほどの資金がなかったんですよ。それに、コネも信用もない若造に物件を貸そうとしてくれる人はそんなにいるもんじゃありません。田舎になればなるほど、信用がないと何もできませんから。行く先々で店をやりたいって話をしてたんですが、反応してくれたのはこの商店街の浜田やさんだけ。浜田やさんが僕のやりたいことに共鳴してくれて、地元の不動産屋に紹介してくれたんです」

「そういうことだったんですか」

「だから、縁があったんだと思うんです。ここに来て、ほんとうによかった。景色はいいし、魚は旨いし、みなさんやさしい人ばかりだし」

「じゃあ、ずっとここに住むつもりなんですか？」

「もちろんですよ。追い出されない限りはここで頑張りたい」

　これなら大丈夫だ。聞きたいことをちゃんと聞き出せて、愛奈はほっとしていた。そして、彩加の方を見る。彩加はまだ納得していない顔だ。愛奈の視線に促されたように、彩加はおもむろに質問をする。

「でも、ここがうんと儲《もう》かったら、ほかに店を出すんじゃないですか?」

「はは、それくらい儲かれば言うことないんですけどね」

大田は笑うが、彩加は笑っていない。それで、大田は笑顔を引っ込め、真面目な顔で彩加の方に向き直る。

「同じ質問を、その昔僕は師匠にしたことがあるんです。師匠というのは、僕にパンの作り方を教えてくれたトルコ人のことなんですけど。そこは近所でも評判の店で、お昼の二時には売り切れてしまうんです。それで、『もっと店を大きくするとか、支店を出すとか考えないのか』と、聞いたんです。そうしたら逆に『何のために?』と聞き返された。『これ以上店を大きくしたら、いまよりずっと忙しくなる。そうしたら家族と過ごす時間が少なくなるじゃないか』って。『子供が小さいうちは、店を大きくするつもりはない』」

彩加は何か言い掛けたが、思い直したように唇を閉ざした。

「それを聞いてショックを受けたんです。それまで企業の中にいて、儲けるのが正義。人を出し抜いても自分だけ生き残ればいい、ずっとそう思っていたんです。それが誰のためなのか、どうしてそうしなきゃいけないのか、考えたこともなかった」

たぶんこの人は優秀な企業人だったのだろう。だから、そうでない価値観を突き付けられた時、ショックも大きかったのだ。

「それ以来、僕は仕事に対する考え方を変えました。儲けるより大事なことがある、人の縁とか日々の充足感とか。仕事って、そういうものを犠牲にしてやるものではない、と思っているんです」

かっこいい。

愛奈は大田に見惚《みと》れた。こんな言葉をさらりと言える男性がいまの日本にどれくらいいるだろうか。

その時、ふいに扉が開いた。

「お店、まだやってる？」

買物かごを提げた中年の女性だ。

「ああ、大丈夫ですよ。もう残りは少ないですけど」

「いつものやつ、残ってるかしら」

「すみません、アチュマは売り切れちゃいました。でも、今日はポアチャが残っていますよ」

大田の注意がお客の方に向いたので、愛奈はパンを選ぶことにした。客用のトレイを取り出して、そこにパンを載せていると、彩加も同じようにパンを選び始めた。

ああ、彩加も大田さんのこと、認めたんだな。

なんとなく嬉しくなった。

彩加の伯母さんのブックカフェがうまくいくといいな。

母と自分だけでは食べきれないほどのパンをトレイに載せて、愛奈はレジに向かった。

14

沼津から帰ってから、愛奈は気持ちが前向きになっていた。

儲けるより大事なこと。

そういうことのために私も働きたい。

私にとってそれは本。本に関係した仕事につきたい。

出版社か書店か、ブックカフェで働くのもいい。多くの人に本の良さを知ってもらう、そういう仕事がしたい。

人がどう思うとか、それはどうでもいいこと。自分自身がやりたいことをやっていれば、きっときらきらして見える。おしゃれな服とか着ていなくても、ヘアスタイルとかにこだわっていなくても。

たとえば、沼津で会った大田さんのように。

「私、やっぱり書店を受けてみる」

愛奈はついに梨香に告白した。大学で一番の親友だし、いっしょに就活対策もやっているから、隠しておきたくなかったのだ。

「本気？」

「うん。それから出版社も。やっぱり本に関係したところで働きたいから」

ちょっとどきどきしている。梨香にはなんとなく気づかれているだろうと思うが、それでも言葉ではっきり告げたらどんな反応が返って来るか、ちょっと心配だった。

「やっぱりね」

梨香は溜息混じりに返事した。「愛奈はそっちを選ぶと思ったよ」

「そうなの？」

「なんというかな、愛奈はちょっと独特というか、私とは違うなあ、って思っていた。私とか裕也とは違うものを大事にしているよね」

「そうかな。本についてはちょっとマニアックかもしれないけど」

「そのせいかもしれないけど、どっかロマンチストというか――ふわふわした理想を追うようなところがあるみたい」

「地に足がついてないのかもしれないね」

「そうかもしれないけど、ちょっとうらやましいよ。私はリアリストだもん、給料とか待遇とかそういうところは譲れない」

「私も、そういうことは大事だとは思う」

だけど、それが一番ではない。それは、あの大田さんの話を聞いて痛切に思った。

「だけど、どうせなら大手にしときなよ。出版でもどこでも業界大手と底辺じゃ、天と地ほど違うっていうから。理想も大事だけど、条件があんまり酷《ひど》いと理想も追いかけられなくなるよ」

リアリストの梨香らしい忠告だ。だけど、それも事実だろう。

「うん、そうだね。そこは頑張ろうと思う」

「そうだね。いっしょに頑張ろう」

梨香は励ますように愛奈の肩をぽんと叩いた。


梨香に告白してから、愛奈は気持ちがずいぶん楽になった。その勢いで、母にも同じことを宣言した。本好きの母は「たいへんだと思うけど、あなたがそれを望むなら」と、反対はしなかった。そして「もし出版社に入社したら、いつかは宮部みゆきの担当になれるかもしれないね」などと夢みたいなことを言う。母の野心にちょっとびっくりする。

この人は自分の娘を宮部みゆきの担当編集者にしたいのか。出版社に入っても、文芸編集部に入れるとは限らないし、宮部さんほどの大作家を新人編集者に任すわけないのに。

そんなふうに思ったが、母の夢を壊すことはないので、黙っている。

実は書店員になった方が、むしろ宮部さんと話すチャンスもあるかもしれないな。最近では、版元がプロモーションのために書店員を集めて、作家と直接話す機会を作ってくれることも多いから。私は学生バイトだから呼ばれたこともないけど、先週も尾崎さんが大手の一つ星出版に出掛けて行ったっけ。

ともあれ、心が決まったので、毎日の授業やバイトにもすっきりした気持ちで向き合える。愛奈は張り切っていた。

「来年のフェア、何かいい企画ない？」

文芸チーフの尾崎がバイトのみんなに問い掛けている。

「いいテーマがあったら教えてちょうだい。採用するわよ」

そう言われて、自分でも考えてみようか、と思う。でも、来年に入ってからだとバイト辞める頃だから、下手に手を出すとみんなに迷惑掛けるかな。自分でやらなくても、アイデアだけでも出したいな。

いままで自分が中心になってフェアをしたことはない。学生バイトだし、本の知識だってそんなにないし、生意気だって言われそうで遠慮していたのだ。だけど、やれば勉強になるだろうし、きっと面白いだろう。亜紀先輩も、手間や時間を掛けたことほど後から考えれば満足感がある、と言っていたし。やってみようかな、でもテーマってどうやって探せばいいんだろう。何かいいアイデアないかな。

その日も、授業が終わった後一目散《いちもくさん》にバイト先に向かった。七階にある更衣室で着替えて、専門書売場を抜けて六階の文芸書売り場に向かう。足早に歩いていたが、ふと目の端に本の乱れが映った。専門書売場には本棚ごとにエンド台と呼ばれるコーナーが作られている。今注目の本とか、スタッフが力を入れている本を置く場所だ。そこは『ミクロ経済学の力』だけでコーナーが作られており、「三週連続当店経済書部門売り上げ一位」というPOPがついている。

ここが乱れていたら、売り場の感じが悪くなっちゃう。ベストセラー本だし。私の担当じゃないけど、揃えて置かなきゃ。

そんな気持ちで愛奈は本を丁寧に並べ直した。

「あの、ちょっと伺《うかが》いたいんですけど」

「どういったご用件でしょうか？」

愛奈はにっこり微笑み掛ける。お客様には常に笑顔。これは接客の基本だ。

「えっと、本を探してるんですけど」

「どういうタイトルのものでしょうか？」

「ええっと、なんだっけ。あの、ここまで出ているんだけど」

お客は四十代半ば、綿《めん》シャツにデニム。平日だというのにこういう格好で店に来ているということは、ふつうの会社員ではないだろう。自由業かしら。

「どんな内容だか、覚えていらっしゃいますか？」

「ええっと、裁判員制度がどうとか……」

「法律関係のコーナーでしたら、こちらでございますが」

お客と愛奈の立ってるすぐ脇の書棚の列がそうだ。お客は指摘されるまで気づかなかったのか、

「あ、いやそうじゃなくて、えっと、その」

妙に慌てたような、落ち着きのない顔である。近くで見ると肩にはフケが白くつもっている。愛奈はそこに視線が行かないように、まっすぐ男の目を見た。すると、男の方が顔を横に向け、愛奈の視線を逸らした。

「専門書ではございませんか？」

「いや、そういうわけじゃ……」

裁判員制度についての本で、専門書ではない。

そのヒントから愛奈は頭を巡らす。

「ああ、もしかしたら、お探しの本は小説ではございませんか?」

「えっ?」

「小説にも裁判員制度を扱った小説はいくつかございますが」

「それ、どこに置いてあるの?」

「下の文芸の売り場にございます」

「あ、ここには小説は置いてないんだ」

男は少し緊張を緩めた。

「それで、小説はどこにあるの? 案内してよ」

やっぱりそうか、と愛奈は思った。男の纏《まと》っている粗雑《そざつ》な雰囲気はあまり専門書売場には似つかわしくない。雑誌売り場とかコミック売り場ならまだわかるのだが。

「かしこまりました。こちらでございます」

愛奈は先に立って店内のエスカレーターまで男を導く。エスカレーターを降りた反対側の辺りに文芸書売り場はある。そこまで来ると、

「あとは自分で探すわ」

と、男は愛奈を追い払うように手で遮った。愛奈は一礼して男を見送る。男は目についた本を取り上げてぱらぱらめくっている。裁判員制度とはまったく関係ない、タレントの告白本だった。

へんなお客。

愛奈はちょっと不思議に思ったが、レジに入らなければいけない時刻だった。客のことはそれ以上気に留めず、レジのカウンターに入った。

その日、仕事が終わった後、愛奈は経済書担当の水島《みずしま》に、事務所に来るように、と呼ばれた。行ってみると、水島のほかに副店長の市川《いちかわ》、そしてビルの警備員までいる。市川はもともと愛想のいい方ではないが、今日は一段と厳しい顔をしている。

「あの、私に何か」

「君、今日の四時前頃、七階で客に話し掛けられたのを覚えている?」

水島に聞かれて、咄嗟《とっさ》に思い出せず、

「えっと、どのお客様のことでしょうか」

書店員が客に話し掛けられるのはよくあることだ。よほど印象的な客ならともかく、いちいち覚えてもいられない。

「ラフなシャツにちょっとおどおどした目つきの。経済とか法律書の辺りでうろうろしていた」

「ああ、そう言えば」

売り場を言われて思い出した。愛奈が七階で話し掛けられるのは珍しいので、印象に残っている。

「裁判員制度について書かれた本をお探しということでしたけど、専門書ではなく小説をお探しということでしたので、六階にご案内しました。そのことが何か？」

愛奈の答えを聞いて、水島と市川が顔を見合わせる。やっぱり、とふたりで納得したような顔だ。

「実は七階で盗難があってね」

副店長の市川の方が説明する。

「平積《ひらづ》みにしていた『ミクロ経済学の力』をごっそりやられたんだ」

経済書ランキングで今週一位だった本だ。値段も三千円を超えていただろう。

「今日やっと追加が入ったばっかりなのに」

水島も悔しそうだ。売れてる本を切らさずにおくのは、売り場担当にとっては大事な仕事である。その努力がかえって仇《あだ》になった。

「それは……たいへんですね」

だが、それが自分とどういう関係があるのだろう。

「それでね、防犯カメラの映像を調べたところ、どうも君が相手した男は見張り役じゃないかと思うんだよ。そいつが君に話し掛けて注意を引きつけている間に、もうひとりが本をバッグに詰めて、知らん顔で売り場を出て行く」

あっ、と思った。確かに男はおかしかった。本のことを知りたいのではなく、私をあの場から立ち去らせたかったのか。

「ちょっと確認してくれないか」

そうして、警備室に行き、防犯カメラの映像を確認した。

「ここだね」

市川が指差したのは、男ふたりが何か話をしているところだ。打ち合わせが終わったのかすぐに片方の男が離れ、棚の奥の方に歩いて行く。もう一人の男は、何か探し物でもするように棚の前をうろうろしている。そこに歩いてきた愛奈が立ち止まり、本の整理をし始めた。男が近寄ってきて何ごとか話し掛ける。愛奈が男の相手をしている間に、棚の奥に引っ込んでいた男が戻ってくる。そして、鞄を開け閉めしているようだが、愛奈の陰に隠れて、何をやっているかよくわからない。

「ああ、これはカメラの位置を正確に把握しているね。高梨君に話し掛けて注意を逸らすだけでなく、高梨君を盾にして盗難の瞬間をカメラで撮られないようにしている」

市川の言葉を聞いて、愛奈はショックだった。自分が良かれと思って相手をしたことが、逆に盗難の手助けになっている。

「ほら、それできみに盗みを気づかれないようにするために、わざわざ階下に誘導させたんだな」

「プロの仕事でしょう。手際もいいし、そうとう悪質だ」

警備員も苦々しい口調で言う。

「申し訳ありません。私がもうちょっとまわりに気を配っていれば」

「仕方ないよ。君が慣れてないことを相手もわかって、わざと狙ってきたんだろうから」

市川が慰めてくれるが、愛奈はますます身の置き所がない。相手は自分を見るからにアルバイトと見くびっていたのだ。

「ですが、税込三四五六円は痛いですね。五冊やられたから、一七二八〇円の損失だ」

水島が嘆く。本の場合一冊につき書店の利益は二二％程度。一七二八〇円の損失を取り戻すためには、そのおよそ四倍から五倍の金額の本を売らなければならない。同じ『ミクロ経済学の力』なら二十冊以上、単価の安いコミックとか文庫なら百五十冊くらい売って、やっと補塡《ほてん》される額だ。

それが本屋にとってどれほどたいへんな金額か、バイトしているだけに実感としてわかる愛奈はうなだれるしかない。

「一応盗難届を出しますので、いずれ警察に事情を聞かれるかもしれません」

警備員にそう説明され、愛奈は解放された。

警備室を出ると、足の力が抜けて壁に手をついた。

「大丈夫？」

水島が立ち止まって愛奈の顔を覗きこむ。

「ええ、ちょっと眩暈《めまい》がしただけです」

「あまり気に病まないようにね。君のせいじゃないから」

「ありがとうございます」

恥ずかしくて、申し訳なくて、顔が上げられなかった。まだまだプロの書店員じゃない、そこを見透かされて狙われた。自分の駄目さが情けない。

こんなことでやっていけるのかな。

膨《ふく》らんでいた風船がしゅうっとしぼむように、愛奈の中の何かが小さくなった。そうして、それはいつまでも元に戻りそうになかった。

15

引っ越し業者が持ってきた段ボールはやはり足りなかった。引っ越しまであと一週間。追加の段ボールを取り寄せなければ。あと五つ追加すれば大丈夫だろうか。

上京してきた時に比べて荷物は一・五倍くらいになっている。増やさないようにしてきたつもりでも、じわじわと捨てられないものは増えてきて、自分の生活範囲を脅《おびや》かしていく。彩加は溜息を吐いた。

だけど、その増えた分量が、東京で暮らした六年の日々の証《あかし》。泣いたり笑ったり、精一杯過ごした毎日を形作ってきたもの。

六年この街に住んで、私は何か爪痕《つめあと》を残しただろうか。私が去ればこの部屋は別の住人のものになる。すでに希望者が名乗りを上げているという。職場もすぐに別の人で埋まるだろう。築いたと思っていた関係も、離れてしまえば日々疎《うと》くなる。あっさりしたものだ。

その淡白さ、身軽さが好きだったはずなのに、こうして背負うものの軽さを思い知らされると、泣きたいほど切ない。

私はこの街に戻って来られるだろうか。

戻って来たとき、迎えてくれる誰かがいるだろうか。もう一度、最初から関係をはじめなければならないのだろうか。

その時、スマートフォンが鳴った。画面を見ると、「前田紀久子」とおばの名前が表示されている。

「もしもし」

『ああ、彩ちゃん？　私』

「はい、どうかしましたか？」

『あのね。彩ちゃんの言ったとおり実用書の棚を減らそうと思うんだけど、どうしても減らしきれんでね。児童書の方を削ったらいかんかな』

「この前も話したけど、それだと前田書店の特徴が無くなっちゃうでしょ。児童書の棚は削らない方がいいよ」

『だけどねえ、どれを削ればいいか、私にはよくわからなくてね。そんなにいっぺんに返品したことないから。そういうことは、いままではお父さんにまかせていたし』

結局彩加は伯母の店の改造計画に協力することにした。いろいろ検討した結果、レジの部分を横に広げてそこにカフェの受付のためのカウンターを作ることに決めた。その横の壁に向き合うようにふたりほど座れるカウンターテーブルと椅子を置く。改装費用を掛けないためには、それが一番無難なやり方だ。そして、カフェの部分を作るために一部棚を撤去することにしたのだ。

「私がそっちに行ければいいんだけど、いまは動けないし……」

『そうだよね。彩ちゃんもたいへんな時期だよね』

「まだほんとに忙しい時期は先なので、引っ越し終われば、有給取って一日くらいそっちに行くこともできるけど……。そうだ、棚の写メ撮って、送ってもらえない？」

『写メ？』

「うん。実用書の棚にいま、何があるか知りたいの。だから、本のタイトルがわかるように写メを撮って私に送って。そうしたら、この本を外せばいいというのを私が選ぶから」

『ああ、そういうこと』

「いいかな」

『う、うん。うまく写メ送れるか、わからないけど……』

「だったら、誰かに教えてもらって。タイトルわからないと、協力のしようもないし」

彩加は内心苛立っていた。伯母は最近日に何度も電話を掛けてよこす。口では前向きなことを言っても、改装することが怖いのだ。それまで商売の大事な部分は夫任せにしてきたので、自分で何かを決めるとか、新しいことをやるということに馴れていない。彩加が手伝ってくれるということになると、彩加に精神的に頼っている。

『わかった。なんとかする』

「なるべく早めに送ってね。選ぶのに、時間が掛かるかもしれないから」

電話を切ると、彩加は再び溜息を吐いた。

正直伯母の態度は重い。もうちょっと近ければフォローもできるが、離れているからそれも難しい。取手に引っ越してしまえば、さらに難しくなるだろう。私は私の仕事で忙しいし、力になれることにも限りがある。

彩加は荷物の整理に戻った。

荷物を段ボールに詰めるのは、仕事柄昔よりうまくなった。ひとつの箱にどれだけ多く本を詰められるか、そのスキルは自分でも高いと思う。書店員の持つスキルで実生活に一番役立つのは、これかもしれない。

段ボールひと箱分荷造りして、ガムテープで留めているところに、メール着信の音がした。画面を見ると、知らないアドレスが表示されている。

メールを開いた。

『前田さんからアドレスを教えてもらいました。パン屋の大田です。前田さんに代わって写真を送ります』

自分で写メを送れなかったので、隣のパン屋に頼んだのね。

それにしても、私のアドレスを勝手に教えるなんて。

写真を見た。一枚だけ、棚全体を遠景から撮った写真が入っていた。これでは、タイトルを読むことができない。

彩加は舌打ちする思いで大田に返信した。

「写真ありがとうございます。でも、これではタイトルが読めないので、申し訳ないですが、もう少し大きく撮影して送ってもらえませんか？　写真一枚に全部を納めなくてもいいので、背のタイトルと著者名、出版社名がわかるようにしてください。よろしくお願いします」

大田からはすぐに返事が来た。

『了解です』

数分後、数枚の写真が届いた。今度は背文字が読み取れる位置まで棚に近づいて撮影されていた。

「ありがとうございます。お手数お掛けしました」

それだけ書いて送った。大田という男が、どうも苦手だ。あの前向きな態度はこちらを落ち着かない気持ちにさせる。伯母をすっかり懐柔《かいじゅう》しているのも気に入らない。信用していいのかどうか、あとで裏切られるんじゃないか、と不安になる。

それにしても、実用書のチェックなんてほんとは得意じゃない。担当していたこともあるけど、ずいぶん前だし、前田書店の客層はどんなものを好むかというのもわかっていないし。

しかし、やると言った以上、やらないわけにはいかない。あの店を放っておくわけにもいかないし。パン屋の好きにされても困るし。

彩加はスマートフォンのアルバムを開いた。送られた写真を見る。本のタイトルを見た。しっかりしたラインナップだ。伯母が悩むのも無理はない。彩加はノートとペンを出して、返本すべき本のタイトルをリストアップし始めた。その作業を始めて間もなく、またスマートフォンにメールが入った。先ほどと同じアドレスからのメールである。

『たびたびすみません。大田です。前田さんが怪我をされたので、これから病院に連れて行きます』

彩加はどきっとした。伯母が怪我？

どこを、どんなふうに怪我したのだろう。

『大きな怪我ではありませんので、ご心配なく。前田さんに頼まれて妹さんにも電話したのですが、通じませんでした。お医者さんに診《み》ていただいて、状況がわかりましたら、また連絡します』

メールの末尾には、大田の電話番号が書かれていた。彩加はすぐに電話を入れた。十回ほどコールしたところで、大田が電話に出た。

「もしもし、宮崎です。前田紀久子の姪の」

『ああ、すみません、わざわざお電話いただいて』

「伯母の容体《ようだい》はどうなのでしょう。どんな怪我なんですか？」

『たいしたことではないんです。段差のあるところで足を踏み外して、右足の小指の骨を折ったんです。いま病院で手当してもらっています』

「そうですか。ああ、よかった」

『すみません、びっくりさせちゃいましたね。しばらくギプスをしなけりゃいけないので、歩くときにちょっと不自由しますが、それ以外はふつうに生活できるそうです』

「よかった。いま、大田さんが伯母に付き添ってくださってるんですか」

『はい。歩くのが辛そうでしたから、車で近所の病院まで運びました。治療が終わったら、ご自宅まで送ります』

「ありがとうございます。お手数お掛けします。それで、母とは連絡がついたのでしょうか」

『いえ、病院なんで電話できなくて……いまは外に出ているんですが』

「では、私の方から母に連絡します。ところで、病院の名前は？」

大田との電話を切ると、彩加はすぐに母に連絡を取った。幸い母はすぐに出たので、事情を説明した。

『わかった。じゃあ、すぐ連絡してみる』

「そうしてあげて」

『でも、どうしてあなたのところに電話が掛かったの？　大田さん、あんたの電話番号、知ってたの？』

「知るわけないじゃない。伯母さんが勝手に教えたのよ。おかあさんのところに電話が繋がらないからって、私のところに代わりに連絡が来たの」

顔が赤らむ思いだ。まるで、私と大田さんが、母の知らないところで連絡を取り合っていたみたいじゃないか。

『そんなにムキにならなくても。……ちょっと聞いただけなのに』

母はぼやいている。

「変なこと言うからよ。それより早く伯母さんのところに行ってあげて。他人に付き添われているんじゃ、心細いと思うし」

『わかったわ』

母との電話を切った後、彩加は少し迷ったが、大田にメールすることにした。

『今日はいろいろご迷惑お掛けしました。すみませんでした。いま母と連絡が取れました。すぐに行くと思います。着いたら母と交替してくださいね』

十数分後に返信が来た。

『お母さまとお話ししました。今日はもう夕方ですし、明日の朝いらっしゃるそうです。僕の方で責任もって伯母さんを送り届けますので、ご心配なく』

なぜか妙に腹立たしい。すぐに母に電話をした。

「大田さんから連絡来た。おかあさん、どうして伯母さんのところに行かないの？他人に付き添い任せとくなんて、悪いじゃない」

『そう言われても……』

「夕方と言っても、まだ暗くないし、伯母さんのところまでは車で二十分かからないじゃない」

『そりゃ、私も行った方がいいと思うよ、だけど……』

「だけど、何？」

『あなたには言わなかったけど、私の方も坐骨《ざこつ》神経痛で脚が痛むんだよ。今日もちょっと痺《しび》れがひどくて、お医者さんに行ってさっき帰って来たところ』

ああ、それで電話に出られなかったのか、と彩加は気づく。

『行ってあげたいのはやまやまだけど、これじゃかえって迷惑掛けるだけだしね』

「ごめんなさい」

彩加は恥じ入った。伯母も年を取ったが、母も同じように年を取っている。いつまでも昔と同じだと思っていてはいけないのだ。

『大田さんに迷惑掛けるのもどうかと思うんだけどね、困った時はお互いさま、って言ってくれるし、甘えることにしたんだよ。まったく、遠い親戚より近くの他人だわね』

遠い親戚。自分のことだ。伯母さんのことをいくら気に掛けていても、現実にそばにいて、いざという時すぐに駆けつけてくれる隣人には敵《かな》わない。

『伯父さんもおらんし、年寄りばかりだから、大田さんみたいないい人がおってくれて、ほんとに助かるわ』

母の言葉が耳に痛い。ほんとは私が行ければいいのだ、それは彩加にもわかっていた。

「近いうちに、なんとか時間作ってまた帰るよ。伯母さんの店もリニューアルでたいへんみたいだし」

『そうしてくれると嬉しいけど、いいの？　あんたも店を変わるので忙しいんでしょう?』

「まあ、そうだけど、新しい店の仕事はこれからだから。むしろいまの方が動きやすいかもしれない」

取手に行ってしまえば、実家との距離はさらに遠くなる。いまより帰りにくくなるだろう。

『そうしてくれれば伯母さん、喜ぶわ。あなたのこと、頼りにしていたからねえ』

頼られても、十分にはこたえられない。自分の生活と仕事を立てるだけで精一杯だ。それでも、できる範囲ではなんとかしたい。

前田書店がなければ、いま自分はこの仕事をしていないだろう。

それに、選書のこととか、私でなければ手伝えないこともきっとある。赤の他人にはわからないことだって、きっと。

「なるべく早くそっちに行くよ」

彩加はそう母に約束した。

しかし、やはり帰省できたのは一週間後だった。文庫担当の引き継ぎをしたり、本部の人間と新しい店のことで打ち合わせをしたり、ばたばたと過ごしているうちにあっという間に時間が経ってしまった。その日、沼津駅に着いたのは、夜の七時をまわった頃。駅からまっすぐ伯母の店に行くと、ちょうど大田が店のシャッターを下ろそうとしているところだった。

「あれ、もうシャッター締めちゃうの？」

彩加は驚いていた。また八時にもなっていない。彩加の店では、いまが一番忙しい時間帯だ。しかし、よく見ると、伯母の店のほかにもシャッターを下ろしているところがある。

田舎の商店街の営業時間はこれくらいなのだろうか。

「あれ彩ちゃん、来てくれたの？」

伯母は元気そうだが、松葉杖《まつばづえ》をついている。シャッターの上げ下ろしはさすがに無理なのだろう。

「うん。明日はシフト休みの日だし、来るなら今日のタイミングかなって思った」

「こんばんは」

伯母の後ろにいて、シャッターを下ろそうとしていた大田が、手を止めて彩加に挨拶する。

「こんばんは。伯母がお世話になっております」

なんとなく気恥ずかしくなって、彩加は大田の目を見ずに挨拶した。

「いえ、それほどのことは。だけど、松葉杖をついているうちは、何かと不便ですしね」

「ほんとに、大田さんのおかげで助かったよ。立ち話も辛いから、奥に行こうか」

伯母に促されて、彩加だけでなく大田も店の中に入ってきた。店舗の中を通りすぎて、奥の休憩所に向かう。そこは三畳ほどの畳敷きのスペースで、仕事の合間に食事をしたり、着替えたり、具合の悪い時にはそこで横になったりもする。

「そこの卓袱台《ちゃぶだい》を出してくれる」

伯母に言われて彩加が壁際へと動こうとすると、僕が、と言うように大田が先に卓袱台を摑み、自分でそれを広げた。それから、脇に積んである座布団を引き寄せ、それぞれに渡す。

「彩加はお茶を淹れてくれる？」

部屋の隅に小さな給湯スペースが設けられている。お茶を淹れると、狭いスペースに三人が向かい合せになった。

「それで、返品作業は進んでいるの？」

「それがね。足がこんなふうだろ。作業するのも難しくってね。アルバイトの子も始めたばっかりだから、勝手がわからないし。しょうがないから、適当に箱詰めして、送り返すしかないかな、と思っていたところだったんだよ」

「そんなことだろうと思っていた」

彩加は溜息を吐く。せっかく私が返品リストを作ったのに、無駄になっている。

「それで、工事はいつ入るの？　それまでに棚を空けなきゃいけないでしょ」

「それがね、明日なんだよ」

「明日！」

彩加は絶句する。店の棚はまったく変わっていない。これでどうやって工事を始めるというのだろうか。

「もう時間がないからね、削ることになるレジ脇の棚二本分の本をそっくり返品しようと思うんだよ。明日の朝アルバイトの人たちにも招集掛けているから、一斉に箱詰めすれば、すぐ終わると思うんだよね」

「そんなの、駄目よ。手があるなら、明日私が手伝うから、工事を少し先送りにできないかな」

「それはちょっと無理だよ。今日の明日だし、いまは職人さんの数も足りないんだって。キャンセルしたら、次はいつになるかわからないよ」

「わかった。じゃあ、いまから作業はじめましょう。今晩中にやってしまえばいいから」

彩加は強い感情に突き動かされ、そう口に出した。棚二本分送り返すなんて、そんな雑なことはさせられない。伯父が丹精《たんせい》込めて育てた棚なのに。

「えっ、来たばかりなのに？」

伯母はちょっと驚いている。

「だって時間がないし」

「だけど、ご飯も食べてないのに……。それに、あんたのおかあさんも、待ってるんじゃないの？」

「悪いけど、母には伯母さんから連絡しておいてください。遅くなったら、ここに泊まるかもしれないから、待っていなくてもいいって」

「じゃあ、夕食はどうするの？」

「それは出前でも取ればいいわ。時間がもったいない。とにかく始めましょう」

「僕も手伝いますよ」

大田が笑顔を浮かべながら申し出る。

「でも、そんなにご迷惑お掛けするわけには」

「カフェスペースを作ったら、と言ったのは僕ですから、僕にも責任はあると思うんです。カフェができたら、僕の店のパンをそこで食べられるように、とも言っていただいていますし」

「とは言っても……」

「それに時間がないなら、手は多い方がいい。今晩中になんとかしなきゃいけないんだったら、いっしょにやりましょう」

　確かに時間はない。それに、伯母は戦力にはならないだろう。男手があるのは、確かに力になる。

「そうですか。だったらすみませんが、よろしくお願いします」

　彩加は大田に頭を下げた。

「あ、その前に出前を取らなきゃね。丼ものでいいかしら」

　部屋の隅に置かれていた出前のメニューを取り上げながら、伯母が二人に尋ねた。

　彩加がリストにした返本候補のタイトルを伯母が読み上げる。大田が棚の中からそれを探し、彩加に渡す。彩加が中身をチェックし、返品ＯＫと判断したら箱詰めする。そんな流れを作って作業を開始した。そうしておおよその本を抜き終わったのは、夜の十時過ぎ。

「あとはレジ横の棚を全部空にして、空いた隙間に本を差していけばいいのだけど」

「じゃあ、空いてるところに適当に詰めてもいいですか?」

　大田が彩加に尋ねる。

「それは駄目。本の並びは決まりがあるし」

「それは、どういうことですか？」

「書名や著者名をあいうえお順で並べるというやり方もあるけど、伯父さんはいつも自分流の並べ方をしていたの。たとえばこの棚では『日本の七十二候を楽しむ』『鳩居堂《きゅうきょどう》の日本のしきたり豆知識』とかの横に、『俳句歳時記』それから『手紙の作法』『短いフレーズで気持ちが伝わるモノの書き方サクッとノート』っていう流れになっている」

「うーん、なんとなく法則がわかるような、わからないような」

「こういう置き方はマニュアルがあるわけではなく、伯父さん自身がこうやって並ぶとそれぞれの本が引き立つと思ってやっていたことなんです」

「というと？」

「本屋で本を見るときは、目的の本ではなくその両隣が大事ってよく言われるの。なぜならそこに選ぶ人の関心に近いものが置かれることになるから。売る側にとっては、うまくすれば一冊だけでなく二冊三冊と購入していただくチャンスだし、そうでなくてもその両脇の本といっしょに置かれることで引き立つ本っていうのもある。だから、何をどこに置くかというのは、本屋にとってはとても大事なことなの」

「なるほど、本屋にとっては、それがディスプレイの肝《きも》になるわけですね」

「まあ、そういうことです」

「おとうさんも、品出しは必ず自分でやっていたね。だから私にはいまでもよくわかっていなくて、新刊が溜まっちゃってね」

　伯母の言葉を聞いて、彩加は嫌な予感がした。

「え、まさか伯母さん、ずっと品出ししてなかったわけじゃないよね」

「そういうわけじゃないけど……」

　その不安げな口ぶりがますます彩加の嫌な予感を増長させる。

「伯母さん、裏の在庫置き場見せてもらっていい？」

「いいけど……」

　伯母が答え終わらないうちに、彩加は駆け出すような勢いで裏口の方に向かう。事務所と休憩スペースのさらに奥に、新刊や在庫を置くスペースがある。予想どおり、そこには未開封の段ボールがいくつも積まれていた。

「こんなに……」

「伯父さんが亡くなってからしばらくは仕事が手につかなくてね。雑誌や文庫は出してたんだけど、単行本の方はちょっと……」

「だめじゃない。これも店に出すか、返品するかしないと。ものによってはそろそろ返品期限が来るかもしれないよ」

「そうだよね。それはわかってるんだけど……」

伯母は居心地悪そうな顔をしている。やれやれ、と彩加は思う。

「こっちもやらないといけないね。どっちにしろこのままにはしておけないから」

「そうは言っても、もう夜遅いよ。明日にしたら」

「それは、そうだけど……。何が入っているかだけは今晩中にチェックしておきたいわ。実用書関係があったら、それも加えて並べないと、手間が二重になっちゃうし。でも、伯母さんはもう帰ってもいいよ。ここからは私ひとりでやるから」

「でも、ここの戸締まりをしなきゃいけないし……」

ぐずぐずと言い訳しているが、伯母の顔色は悪い。声にも元気がない。

「だったら、しばらく休憩スペースで休んでいて。怪我もしているし、伯母さんは無理をしないで。終わったら声を掛けるから」

「そう？　悪いわね。じゃあ、あっちで横になって休んでいるわ」

ほっとした顔をしている。よほど疲れが溜まっているのかもしれない。

「大田さんも、ありがとうございました。ここまで手伝ってくださったら、あとはひとりでやれますから」

「いいえ、ここまでつきあったんだから、最後までやりますよ。男手があった方がはかどるでしょう?」

　親しいわけではない男性とふたりで深夜作業をするのは、あまり気が進まない。だが、本音のところでは彩加も疲れていた。早番で仕事をしてからここに来たのだ。力仕事をやってくれるなら、それにこしたことはない。

「では、少しだけお願いできますか。段ボールを運んだり、積み上げたりするのを手伝っていただけると、助かります」

「ちょっとだけ待ってもらえますか。少し店でやっておかなければならないことがあるので。十分くらいで戻りますから」

「もちろんです」

「じゃあ、すぐに戻ります」

　大田が出て行った後、伯母は押し入れから毛布を出してきて、休憩スペースの畳に横になった。

「悪いねえ。ちょっとだるくてね。横になってたら楽だから」

「眠ってもいいですよ」

「いや、ここでは眠れないよ。あんたたちにも悪いし」

　そう言っていたが、五分もしないうちに伯母は寝息をたてはじめた。彩加は在庫置き場に戻って作業を始める。手前の段ボールを開ける。中は読書感想文用の課題図書や、図画工作の宿題のための本が入っていた。

もう秋だっていうのに、これがここに置きっ放しってまずいよ。伯母さん、季節ものはすぐに並べとかなきゃ。これはもう全部返品かな。

次の箱は暑中見舞いはがきの書き方の本や分冊百科の創刊号などが入っている。

ああ、この箱も季節もの。ここに置いてあるのは、そういう箱ばっかりってことかな。時期遅れのものは右から左に返品すればいいから作業としては楽だけど、せっかく送られてきたのに並べられもしないで断裁になるなんて、資源の無駄だなあ。

彩加が溜息を吐いていると、裏口をどんどん、と叩く音がする。続いて「大田です」という声がするので、彩加が鍵を開けた。

大田はポットと紙袋を持っていた。

「ちょっと休憩しませんか。店の残りで悪いけど、パンを少し持ってきたから」

「わあ、ありがたいです」

大田の紙袋にはゴマをまぶしたリング状のパンと、丸い小さな皿に乗った焼き菓子のようなものが入っていた。両方ともほんのり温かい。レンジで温めてきたのだろう。休憩所から皿やコップやフォークを持ってきて段ボールの上に並べる。ちょっとしたピクニックのようだ。

「こっちがシミットで、こっちの菓子は試作品のキュネフェ。よければ感想を聞かせてください」

　大田の口ぶりは穏やかだが、目は笑っていない。

「へえ、試作品ですか」

　丸い菓子はビーフンのような麺を固めて焼き、それに蜜を掛けたもののようだった。トルコ菓子はダダ甘、と大田が言っていたのを思いだし、彩加はおそるおそる口に入れるが、その瞬間、口の中でとろっと何かがとろけた。

「おいしい」

　それを聞いた瞬間、ふわっと大田の表情が緩んだ。予想以上に自分の意見を真面目に受け止めようとしていたのだ、と彩加は気づいた。

「これ、間にチーズが挟んであるんですね。それにレモンも利いてるから、甘くても食べやすいです。それから、上に掛かっているこれは……」

「ピスタチオです」

「ああ、そうか。このピスタチオがいいアクセントになっていますね」

　大田はにこにこしながら、その通り、というように何度もうなずいている。

「ありがとうございます。これ、売り物になると思いますか？」

「大丈夫。これならみんなに喜ばれると思う。近くの店にこれがあったら、私も買いに行きたいです」

「ああ、よかった。そう言っていただけるのがいちばんです」

「もしかして、私が試食第一号？」

「はい。このバージョンでは」

「このバージョンって？」

「これ、実は三度目の試作品なんです。前二回はいまひとつ気に入らなくて」

「それはうちの伯母とかも食べたの？」

「前田さんも食べてくださったのですが、やさしいのでいつも褒めてくれるんですよ。だから、心強い応援団なんですが、試食の判定にはちょっと」

「私の方が向いてると？」

「ええ、正直な方だろう、と思いましたから。それに、こういう時はお世辞《せじ》を言わない方が親切なんだ、っていうこともわかっている方だとも思いました」

「どうしてそうだと思ったのですか？」

「宮崎さんは、本を並べることに妥協しないじゃないですか。自分の仕事にプロであろうとする人は、他人の仕事もちゃんと尊重してくれると思ったんです」

大田の言葉はちょっと照れくさい。

「私は口が悪いだけですよ。女にしてはがさつだってよく言われます」

「そんなことないですよ。最近は……とくに日本では、その場だけやさしいことを言う人が多いんです。耳あたりはやさしいけど、言葉に中身がないというか。相手のことを考えているんじゃなくて、自分がどう見られるか、そればかり気にしている人が多いですしね。あ、前田さんのことじゃないですよ。前田さんは、ほんとに気持ちのあたたかい人だし、本心から褒めてくださっているから」

　大田の言うことはよくわかる。うまく立ち振る舞わないと陰で何を言われるかわからないから、本音を言うのが怖い。その場の空気を乱さないことがいちばん大事だ。そういう世界で自分たちは生きている。

「僕が海外に長くいたから、よけいそう思うのかもしれませんけど。トルコの人たちは、泣いたり笑ったり怒ったり、自分の感情にもっと正直ですよ。それに、相手をやっつけるためじゃなく、相手のために批判することをおそれない」

「相手のために批判する？」

「ええ。相手をただやりこめたり、自分が正しいと主張するために批判するのは、ただの悪口と変わらない。だけど、こうした方がより相手のためになると思って意見するのは、相手に対して愛とか尊敬がなければできないこと。よき批判者を持つことは、仕事をスキルアップするうえではとても大事なことです」

「確かにね……」

そんなふうに思ってくれる相手は、自分にはどれくらいいるだろう。その場だけやさしいことを言ってくれる友だちを百人持つより、正直に意見してくれる友だちをひとり持てれば、そちらの方がしあわせかもしれない。

「すいません。エラそうなことを言っちゃいましたね。僕は、だからどんどん正直な意見を聞きたいんです。そうすれば、僕のパンはもっとよくなると思うので」

「じゃあ、こっちのパンも味見させてください。正直な感想を述べますので」

「彩加さんが言うとなんか怖いな。どうぞお手やわらかに」

「いいえ、手加減しませんから」

そうしてふたりは顔を見合わせて笑った。「宮崎さん」がいつのまにか「彩加さん」になっていることに気づいたが、嫌な気はしなかった。いつまでも、この穏やかな時間が続けばいい、と彩加は思っていた。

16

「だけど、愛奈、大丈夫かな」

「何が？」

「やっぱり書店受けるんだって」

自分の名前が出て、愛奈は思わずぎくっとした。図書館の自習スペースでひとり勉強していたが、開放スペースで通路と区切られていないことと、まわりが静かなので通路を行き来する人の会話が聞こえてくる。数メートル離れた通路を、梨香が友野や峻也と連れ立って歩いている。愛奈は気づかれないように、机にうつむいた。

「そりゃ、物好きな」

「ねー、わざわざうちの大学出て、書店で働こうなんて、変わってるよね」

思わず息を止める。

「将来とか真剣に考えてるのかな。いま楽しくても、先行きうまくいかないのはわかっているはずなのに」

足音と共に声も遠ざかって行く。声が聞こえたのはほんの一瞬、なのに、なんでわざわざ嫌な話だけ耳に届くのだろうか。

わかっていた。書店に就職したいと言えば、みんなにこう言われるのは。梨香だって、決して私の想いに賛同しているわけではないことも。

だけど、こんな時に聞くと、ちょっと堪《こた》えるな。

昨日、バイトで嫌なことがあった。初めてと言っていいくらいショックなことだった。レジをしていたら、自分の前に来た客が突然、文句を言い始めたのだ。

「ここの店は、どれだけ客を待たせれば気が済むの」

男は五十代くらいだろうか。だけど、強面《こわもて》で身体も大きい。若い頃、格闘技でもやっていたのかもしれない、というような筋肉のつき方だ。

「お待たせして申し訳ありません」

レジ前には五、六人ほどの行列ができていた。一番忙しい時間帯ほどではない。六つあるレジカウンターのうち五つにはスタッフがついていたから、まあまあスムーズに人は流れている。

「申し訳ないじゃないよ！」

男は声を荒らげて、手に持っていたプロレス雑誌をカウンターに叩きつけた。まわりにいた客が男の傍《そば》から身体を遠ざける。

「お客様をなんだと思ってる。さっきから見てると、釣り銭ひとつ数えるのに、もたもたしやがって」

こんなふうに怒鳴られたことは、生まれて初めてだ。愛奈は恐怖と驚きで口もきけない。

「さんざん行列で待たせたんだから、さっさと会計して、本を渡してくれりゃいいのに、ポイントカードがどうとか、籤《くじ》の補助券がどうしたとか、そんなんどうでもいいんだよ！」

「すみません……」

慌てて雑誌を包もうとするが、手が震えて紙袋に入れるのもうまくいかない。

「おい、姉ちゃん、そんなに愚図《ぐず》でどうするんだ？　手が震えているぞ」

男の口元には下卑《げび》た笑みが浮かんでいる。こちらが怯《おび》えるのを喜んでいるみたいだ。だけど、それを意識すればするほどうまく手が動かない。

「さっさとしろよ、おい！」

頭が真っ白になった。涙が出そうだ。

その時、さっと誰かの手が伸びて、愛奈を柔らかく脇へ押しやった。文芸チーフの尾崎志保だ。

「ここは私が」

愛奈にだけ聞こえるように耳打ちすると、手早く雑誌を袋に入れて、お客に渡した。

「お待たせいたしました」

「なんだ、保護者の登場か？　そっちの姉ちゃんはどうした。まともに雑誌ひとつも包めないから退場ってか？」

ねっとりしたコールタールのような汚い言葉が愛奈に貼りつけられる。愛奈は何も言えない。その時、男の背後から声がした。

「お客様、うちのスタッフが何か失礼をしましたでしょうか？」

現れたのは西岡店長だ。最近では東日本エリア・マネージャーも兼ねているから、この店にいることは珍しい。

副店長じゃなくて大丈夫だろうか、と愛奈は逆に不安になる。店長は女性だ。この粗暴な男に手荒な真似をされたらどうなるだろう、とどきどきしている。

「なんだ、おまえは。大年増がなんの用だ？」

「店長の西岡と申します」

西岡店長はいつもの笑顔だ。男の態度にもひるんだ様子はまったくない。

「店長だと？　女のくせに？」

「はい、こちらがオープンした当初から、私が店長をさせていただいております」

男はぶしつけに店長を上から下まで眺めまわした。しかし、店長は動じない。すごいなあ、と愛奈は思う。あんなふうに近くでじろじろ見られたら、自分は耐えられるだろうか。

「ふうん。女が店長のせいか、店員のしつけが悪いのは」

「は？　どういうことでございましょう？」

「まともに雑誌ひとつ包めない。ろくに客に謝ることもできない。だいたいなんだって空いてるレジがあるのに店員がいないんだ？　お客様を待たせて、おまえら何やってるんだ？」

「お言葉ではございますが、高梨はいい書店員です。もし、彼女がうまく仕事ができなかったとしたら、おそらくお客様の大きな声に驚いて、動転してしまったせいでしょう」

　にこにこしながら言うので、お客に皮肉を言ってるようには見えない。それがよけい男を怒らせたようだ。男の顔色が変わっている。

「なんだと？」

「それに、うちのスタッフはそれぞれ持分がございます。レジのほかにもいろいろございますから、レジばかりやっているわけにはいきません。誰ひとり、遊んでいるわけではありません」

「だからと言って、大事なお客様を待たせていいのか。お客様を最優先させるのがおまえらの仕事だろうが」

「もちろん、レジ担当は精一杯仕事させていただいていることと思います。ですが、レジばかりがお客様に対するサービスではございません。新しい本をいち早く、見やすい形で並べるのもお客様へのサービスですし、お問い合わせの品をお探ししたり、プレゼントの包装をするのもサービスでございます。レジを優先させればほかがおろそかになり、それはそれでお客様への礼を欠くことになります。人数には限りがございますから、そこのところをご理解いただければ、と思います」

淡々と、しごく当然のことのように語っているが、男の言い分は全面否定している。すごい、と愛奈は思う。あそこまではっきりものが言えるなんて、私にはとてもできない。

「つまり、レジに人が増やせないっていうのか」

「はい、できません。私どもの店ではこれが限界でございます。もし、それがご不満でございましたら、どうぞほかのお店をご利用くださいませ。吉祥寺にはほかにもいろいろ書店はございますから、お気に召すお店もあるかもしれません」

男は西岡店長の胸倉《むなぐら》を摑んだ。そして、額《ひたい》をくっつけるようにして恫喝《どうかつ》する。

「おまえ、人を舐《な》めてるのか」

「とんでもない。お客様のような方を侮《あなど》っては、たいへんなことになるとは重々承知しております」

店長は笑顔を引っ込め、真面目な顔つきになった。

「はあ？」

「ですので、今の会話もICレコーダーに録音してございます」

そうして、ポケットからレコーダーを取り出して見せる。

「なんだと」

男は愕然《がくぜん》とした表情になった。こんなふうに反撃されるとは思ってもいなかったようだ。

「これ以上私の身体に触れたり、何か恫喝されることがあれば、どうなるかはお客様もお察しがつくことでございましょう。これだけ証人も揃っておりますし、防犯カメラも作動しておりますから、出るところに出れば……」

店長がすべてを言い終わる前に男は手を放した。

「ふん、女なんか、まともに相手できるか」

そう捨て台詞《ぜりふ》を残すと、レジに出ていた釣り銭をひったくるようにして自分のポケットに入れた。それから持っていた雑誌でレジ台を腹立たしげに叩きつけると、そのまま足早に去って行く。

男が姿を消すと、レジ前にいたお客様が一斉に拍手をした。

「よく言ったね、あんた。男でもあそこまではっきりは言えないよ」

声を掛けたのは、広瀬という常連客だ。ありがとうございます、というように店長がそちらに軽く会釈した。そして、レジ前の客に向かって、

「お騒がせして申し訳ありません。また、つまらないことでレジ作業が滞《とどこお》ってしまったことをお詫びいたします。当店は、スタッフ一同誇りを持って仕事をしてお

ります。お客様が気持ちよくお買いものできますよう、精一杯努力しますので、どうぞこれからも新興堂書店吉祥寺店をご愛顧《あいこ》のほど、よろしくお願いします」

そうして店長が深く頭を下げると、再び拍手が沸き起こった。その中を、店長はゆっくりと事務所に向かって退出する。

カッコいい。まるで歌舞伎《かぶき》役者みたいだ、と愛奈は思った。

「すみません、ちょっと離れます」

尾崎にそう断って、愛奈は店長を追いかけた。事務所に引っ込む直前に店長を捕まえると、

「あの、すみませんでした」

と、頭を下げる。店長はやさしい目を向けて、

「ああ、いいのよ。あなたのせいじゃないから、謝らないで」

「でも……」

自分がもう少し手早く対応できていたら、あの男に文句を言わせずにすんだのに。

「ああいう輩《やから》はとにかく文句を言いたいのよ。よほどストレスがたまっているのね。自分が強い立場に立てると思うと、言いたい放題言うんだから」

「ほんとに、どうしようかと思いました。私……」

思い出しただけでも、足が震える。頭ごなしに怒鳴られると、何も言えなくなってしまう。

「あんまり気にしないでね。これからも、もし何かあれば、私たちが守ってあげるから。明日から来ないなんて言わないでね」

西岡店長は労《いた》わるようなやさしい声をしている。

「はい、もちろんです。ありがとうございます」

そうは言ったものの、愛奈は憂鬱《ゆううつ》だ。またあんな客が来たらどうしよう、と思う。万引きの件もショックだったが、今回のことはもっとダメージが大きい。当分バイトに行きたくない、というのが正直なところだ。明日のシフトを誰かに代わってもらおうか、どうしようか、悩んでいる。

やっぱり私、書店員に向いてないのかな。

そんなことを考えていると、スマートフォンにメールが届いた。彩加からだ。彩加とは沼津以来連絡を取っていない。元気だろうか。

『その後、お元気ですか。ばたばたしていて、連絡し損《そこ》なってごめんなさい。今日でいまの店に来るのは最後です。今日は早番なので、歓送会は昨日やってもらいました。なので、急だけどもし夕方とか夜とか空いていたら、愛奈に会えるといいな、と思ってメールしました。忙しかったら、無理しないでね』

速攻でメールを打つ。

「今日、大丈夫です。彩加に会いたいな、と思っていたところ。今日は授業が三時に終わるので、四時過ぎだったらいつでも大丈夫」

彩加のいいところは、いつも前向きだってこと。落ち込んでいるときでも、パワーがもらえそうだ。

『では、四時にこの前のカフェ moi《モイ》で大丈夫かな?』

「了解です。楽しみにしています」

吉祥寺のカフェ moiは、愛奈と彩加のお気に入りの店だ。北欧風の白木のインテリアも可愛いが、入口のすぐ脇にずらりと並んだカードを見るのも楽しい。それに深煎《ふかい》りの珈琲のコクのある味わいも気に入っている。学生にはちょっと値段が高いので、いつもはチェーンの珈琲ショップを利用することが多いが、ちょっと楽しい気分の時、またその逆で自分のテンションを上げたい時にはここに来る。彩加が吉祥寺の出社最後の日ということなら、やはりここに来るのが正解だ。
店には愛奈の方が早く着いた。人気店だが、時間帯がよかったのか、すぐに空席を見つけることができた。明るい店内で持っていたゲラを読んでいると、間もなく彩加が現れた。

「ごめん、待った？」

声を掛けられて顔をあげる。その瞬間、彩加の雰囲気が変わった、と思った。いつもより柔らかい感じ。自信にあふれたような、きらきらした感じだ。

新しい店の店長になるということが、自信になっているのかな。

「ううん、私もいま来たところ。ゲラ読んでたとこ」

愛奈が答えていると、「オーダーはどうなさいますか？」と店員が割り込んできた。彩加はサーモンの北欧風タルタルサンドと珈琲のセット、愛奈は珈琲を単品で注文した。あまり食欲はない。

店員が立ち去ると、「愛奈が読んでるゲラって何？」と、彩加が尋ねた。

愛奈はゲラの最初のページを彩加に示した。そこにタイトルが書かれている。

「あ、それ私も読んだよ。すごいよかった。これは愛奈も気に入りそうだと思ったし、だったらまたいっしょにフリーペーパー作れるといいな、って思ってた」

「フリーペーパーか。それはもう無理だね」

彩加と愛奈が親しくなったのは、いっしょに『薔薇《ばら》と棘《とげ》』という作品を仕掛けたからだった。その後も二回ほどいっしょにフリーペーパーを作っている。

「そんなことないよ。しばらくは私もばたばたするけど、落ち着いたらまたフリーペーパーを作ろうと思うし、場所は離れていても、パソコンでやりとりすればいっしょに作ることできるって。最近吉祥寺と渋谷と八重洲《やえす》にある、系列店でもなんでもない別々の書店三店の書店員が協力してフェアをやってるくらいだから、取手と吉祥寺でやったっておかしくないでしょ……」

「できればいいけど……私、就活あるから」

「あ、そうか。解禁はいつ？」

「三月一日。もうすでに募集を開始しているところもあるし、私もそろそろバイト辞めようかな、って思ってる。彩加もいなくなるし、潮時かも」

店員がオーダーしたものをテーブルに運んできた。その間、会話が途切れる。並べ終わって店員がいなくなると、待っていたように彩加が尋ねた。

「どうしたの？ 何かあった？ 元気ないね」

「うん、バイトでちょっと嫌なことがあって」

愛奈は万引きのこと、嫌な客に絡まれたことをかいつまんで説明した。彩加は空腹だったのか、サンドイッチをつまみながら愛奈の話を黙って聞いていた。

「万引きにしても、嫌な客にしても、相手が悪かったと言えばそれまでなんだけど、もうちょっとうまくやれなかったかな、って思う。尾崎さんや店長に助けられて、自分はなんにもできなかったっていうのが情けなくって……」

やはり自分は書店員に向いてないいんじゃないかと思う――そう喉元まで出掛かったのを、なんとか堪《こら》えた。

「それは仕方ないよ、ほんと相手が悪い。そういうの、万引きとかハードクレーマーなんて言っちゃうからたいしたことないみたいに聞こえるけど、実際は窃盗《せっとう》とか恐喝《きょうかつ》だもの。犯罪者にうまく立ち向かえなかったからって、落ち込むことはないよ。実際、どこのお店だってそのふたつには悩まされてるしね。そんなのに慣れていたら、警察官になれるよ。西岡さんは特別。吉祥寺の女傑《じょけつ》って言われるくらいの人だもの。同じようにできなくても、仕方ないって」

そういえば彩加は西岡店長に憧れていたんだっけ、と愛奈は思い出す。西岡店長が理想の書店員だ、と彩加は以前からよく口にしていた。

自分は、大学の先輩の小幡亜紀さんに憧れて、今の店でアルバイトを始めた。結局は、そんな軽い動機だったのだ。本は好きだけど、接客業についての適性はほんとうにあったのだろうか。いまさらだけど、自分はそこをちゃんと考えてこなかった。

「そうかもしれないけど、ちょっと怖くなっちゃった。それに、友だちにも言われるんだ。いつまで書店でバイトしてるのって。時給も安いんだし、ほかのことすればいいのにって」

書店業界には未来がない、そう言われたことはさすがに現役の書店員である彩加には言えなかった。

彩加はそれを聞いてしばらく沈黙した。サンドイッチを食べる手も止まっている。そして、おもむろに口を開く。

「ごめん、愛奈。ちょっと嫌なこと言うね。私、愛奈とはいい友だちでいたいから」

「え、どういうこと？」

いい友だちでいたいのに、どうして嫌なことを言うんだろう。

「愛奈はすっごくいい子だし、まわりにもちゃんと気を遣うし、だからなんだろうな。自分を殺して相手に合わせようとしすぎてない？」

それはそうだ。だけど、多かれ少なかれ、いまはそうしないと集団の中でやっていくのはたいへんだ。爪弾《つまはじ》きにされてしまう。

「いまの愛奈の言葉を聞いていると、愛奈はまわりのことばかり気にしているように思える。友だちにどう見えるかとか、私がいなければつまらないって、じゃあ愛奈自身はどうしたいのかな、ってよくわからないんだよ」

「私自身がどうしたいか……」

「大学の友だちも、私にしても、いつまでも愛奈の傍にいるわけじゃない。彼らにあわせて本当にやりたいことを封じ込めても、彼らが責任とってくれるわけじゃないよ。それに、頼りにしてくれるのは嬉しいけど、私がいるからやっていけるっていうのも、間違っていると思う。愛奈はちゃんとできるんだもの、自分でちゃんと決められる人だもの」

彩加がそんなふうに自分のことを信頼してくれるのは嬉しい。だけど、ほんとうに自分にそれができるのだろうか、と思う。強い彩加の前では自分も気丈《きじょう》に振る舞っていたけど、実際はもっと臆病な人間なのだ。

「それに、悪いことがあったから辞めるっていうのはよくないよ。それって逃げたってことと同じだし、後々嫌な思いを引きずるよ。就活で辞めるのは仕方ないにしても、上向きな気持ちの時に辞める方が、次の段階にスムーズに移れるんじゃない？」

上向きな気持ちで辞める。それにこしたことはない、と思うが、現実にはどうしたらいいのだろう。残された時間も少ない。このままふつうにやっていてもいいのだろうか。そうすれば気持ちは回復するのだろうか。

「ごめんね、きついこと言って。口先だけのきれいごとを言うのは簡単だけど、それは誠実とは思えないから」

「ううん、彩加が私のためを思ってくれてるのはわかる。ありがとう」

愛奈の言葉を聞いて、彩加のまなざしが和《やわ》らいだ。しゃべる彩加の方が自分より緊張していたみたいだ。

「愛奈もいろいろ転換期だもんね。いろいろ悩むと思うけど、自分自身の気持ちを無理に押し込めないで。愛奈らしい結果がきっとついてくるよ」

私らしい結果。そういえば母も同じようなことを言っていたっけ。それって、どういうことなんだろう。

「だけど、これからこんなふうに会って話をすることは難しくなるね。私ももうすぐ取手に引っ越しするし」

再び彩加はサンドイッチにかぶりつく。よほど空腹だったらしい。愛奈も珈琲を飲む。ここの珈琲は深煎りでなかなか濃厚だ。

「そう言えば彩加、伯母さんのお店は大丈夫なの？」

「うん、そっちにも手伝いに行かなきゃいけないし」

「カフェの件はどうなったの？」

「無事、改装できたよ。そのために棚を撤去しなきゃいけなかったから、私も手伝いに行ったけど、大田さんも手伝ってくれたし」

「大田さんって、隣のパン屋さんのこと？」

「そう。すごく親切にしてくれた」

そう答えた瞬間、彩加は何とも言えぬはじらいの表情を見せた。目元が潤《うる》んだ、いままで愛奈が見たことない女っぽい表情。愛奈はその瞬間、悟った。

ああ、彩加は恋してるんだ、あの大田さんに。

無理もない、大田さんは素敵な人だもの。あんなふうに、自分の道を切り拓いている人なんて滅多にいるもんじゃない。ああいう人には初めて会った。

そう思った瞬間、今度は胸がずきんと痛んだ。

あれ、もしかして私も大田さんのこと、好きだったのかな。そんなに、よく知ってるわけじゃないのに。

「大田さんっていい人だね。結構イケメンだし。あれで彼女いないのかな」

胸の痛みなどなかったように、なにげないふりを続ける。彩加は愛奈の気持ちにはまるで気づかないようだ。

「沼津に店を開く時、彼女と別れたんだって。東京で生まれ育った女性だから、そんな田舎に住めないっていうんでフラれたんだそうだよ」

ああ、そんなことまで話し合う仲なのか。

沼津にいっしょに出掛けたのは、ほんの半月前。その間に、彩加は大田さんとの距離を確実に詰めている。

「だったらチャンスじゃない。彩加、つきあっちゃえば」

愛奈の口からは気持ちと逆の言葉が出る。

自分は、自分の気持ちに気がつく前に失恋していたのだ。

「そんなな。私これから取手に引っ越すし……」

「そんなこと。たいした距離じゃないでしょ」

「距離の問題じゃないよ。私、自分の仕事をまだちゃんとやってないもの。取手の店をちゃんと作り上げて、軌道に乗せてってことをまずやらなきゃ」

「恋愛よりも仕事ってこと？」

「うーん、というよりか、相手は単身外国に渡って勉強して、独力で自分の店をちゃんと作った人じゃない。そういう人に対しては、しっかり自分を持っていないと負けちゃう気がするんだよね。だから、私もちゃんと自分で納得のいく仕事をしないと、と思ってる」

負けた、と愛奈は思った。恋愛のれの字を言い出す前に、私は彩加に負けている。

彩加は大田さんとちゃんと向き合うつもりだ。そして、自分自身の強さを、能力を、ちゃんと示して振り向かせようとしている。

私はどうなんだろう。素敵な人だと思っても、またチャンスがどこかからやってくることを期待している。相手が自分の存在に気づいて、向こうから自分を好きになってくれることを望んでいる。

「彩加はいいなあ、自信があって」

つい本音が漏れる。彩加のような強さが自分にもあれば、自分も違う道を歩めるのかもしれない。

「自信？　そんなものはないよ」

彩加は真顔になって訂正した。

「取手の店のことも、正直怖くてたまらない。店長なんて自分にはまだ早いと思うし、馴染みのない土地だし、いまでもほんとにやっていけるのか、と思ってる。だけど、私ならできると期待してくれる人もいるわけで、それを信じて頑張るしかないじゃない」

いつも前向きな彩加が、こんな弱気な発言をするのは珍しい。たぶん、これが彩加の本音なのだ。

「自信なんて、最初は誰も持っていないよ。だけど、一生懸命あがいていれば、だんだん自分が見えてくる。これならできる、ということが増えてくる。それが積み重なって、自信っていうものになっていくんだよ」

そんな風に考えたことはなかった。自信のある人は元から自信があるのだと思っていた。自分のように生まれつき自分を出すことが苦手な人間は、何かで成功しない限り自信なんて持てないものだと思っていた。

「ごめん、ちょっと言い過ぎた」

彩加は言い過ぎた自分を恥じるように愛奈に頭を下げた。

「ううん、ありがとう。私も……頑張らなきゃね」

そう、自分で自分の頑張りを認めてあげられるように。そして、この先好きな人ができたら、その人に胸を張って対峙《たいじ》できるように。

そのためには何をしたらいいのだろうか。

迷うばかりで答えはない。愛奈はカップに残っていた珈琲を飲み干した。冷えた珈琲はただ口に苦かった。

17

「あの、高梨さんって方はいますか？」

品出ししていた愛奈に、男性客が問い掛けた。

「はい、私ですが？」

愛奈が振り向くと、白髪交じりの髪に銀縁《ぎんぶち》の眼鏡が似合う、知的な雰囲気の男性が立っていた。

「ああ、やっぱり。妻が言っていたとおりの方だ」

「はあ」

この人の妻？　お客様の誰かだろうか。

「すみません、突然。これを妻に頼まれまして。あなたに渡してほしいと」

そう言って、手紙と何か包みを差し出した。

「奥様っていうのはどなたのことでしょう」

「あ、ごめんなさい。私、川西と申します。妻の紗保が以前、あなたに本を探してもらったそうですね。子供の頃の愛読書で、タイトルも忘れていた本だったとか」

「ああ、川西さま」

すぐに思い出した。『すてきなケティ』をお教えした女性のことだ。

「奥様、お元気でしょうか。入院されるとおっしゃっていたのですけど」

「実はまだ入院しているんです。その、実は……病気が少し性質《たち》が悪くて……癌《がん》なものですから」

「まあ」

「手術もしましたし、いまのところ安定はしています。ただ、症状も進んでいましたし、しばらくは入院が続くことになると思います」

子宮癌。それも初期ではない、ということだろう。

本人は子宮筋腫と言っていたが、たぶん知っていたに違いない。いま考えると、あの女性には、何か辛いことを懸命に耐えているような、そんな悲痛な雰囲気があった。

「だけど、本人、明るく振る舞っているんですよ。探していただいた本をいつも枕元に置いて、気持ちが暗いと病気に負けてしまう、ケティみたいに明るくしてなくっちゃって言ってるんです。私の方が、その姿に励まされるくらいで」

川西の夫は少し言葉を詰まらせた。愛奈は何も言えずに聞き入っている。

「それで、これをあなたに渡してほしいと言うんです。受け取ってもらえますか」

「もちろんです。中を見てもいいですか？」

包みを開くと、そこにはブックカバーが入っていた。藍染《あいぞ》めの布を使って、手作りしたものだ。しおりに使う紐《ひも》もちゃんと縫い止められている。

「きれいですね。縫い目もこんなに細かく揃っているし」

「体調のいい時に、趣味の小物づくりをしているんです。そんなに長い時間はできないので少しずつですけど。それで、すっかり遅くなってしまいましたが、あなたに受け取っていただきたいのです」

「ありがとうございます。そんな貴重なものをいただけるなんて……」

包みの中にはカードも添えられていた。

『いただいた御本、もう何度も読み返しました。

なつかしいケティ。

ずっと心の友だったのに、忘れているなんて我ながらひどいこと。

だけど、戻ってきてくれたのは、いまの私に必要だからなのでしょう。

ケティのように、この試練の日々を明るく過ごそうと思います。

見つけてくださって、ほんとうにありがとうございます。

この本が入院の直前に届いたことがどれほど私にとって大事だったか、ことばでは言い表せません。

退院したら、きっとそちらのお店に伺います。そして、また素敵な本を紹介してくださいね』

一読、涙がじわっと込み上げてきた。それをぐっと堪《こら》えて、

「ありがとうございます。私の方が、奥様のお手紙に励まされました。自分のしたことをこんなに喜んでいただけるなんて……」

本はやっぱり特別なものだ。四十年経っても、誰かの気持ちの支えになる、そんな〝もの〟は、ほかにはないだろう。

それを届けられる仕事って、やっぱり素晴らしいことじゃないだろうか。

「そうですか。それは妻も喜ぶでしょう」

川西の夫は穏やかに微笑んでいる。

「ブックカバー大事にします。奥様には、一日も早い回復をお祈りしています、とお伝えください」

微笑みたかったが、うまくいかなかった。涙が滲んで、それ以上、ことばも出ない。川西の夫はそんな愛奈を静かに見つめていた。

「愛奈、ちょっといい？」

母の声だ。ベッドに寝転んでいた愛奈は、「どうぞ」と、言いながら半身を起こす。

「何か用？」

「ん、とくに用ってほどのこともないけど……最近あなた、元気ないように見えて。今日も食事中もずっと黙っていたし」

「ん、そんなことないよ。就活とかいろいろ考えることがあって、ちょっとくたびれていただけ」

ほんとうは、今日あったことを噛みしめていたのだ。川西にもらった手紙、そこに書かれていたこと。それは自分にとってすごく大事なことだった。それで食事中もこころここに在らず、という感じだったのを、母は誤解したのだろう。

「そう？　それならいいけど。バイトはいつまでやるの？」

「冬休みで辞めようかと思ったけど、やっぱり予定どおり二月までやるよ」

「そうね、それもいいかもしれないけど……」

「ん、何かあるの？」

「そうじゃないけど……」

母は妙に歯切れが悪い。

「なに？　なにか言いたいことあるの？」

「あのね、これ、もしかしたら興味あるかな、と思って」

母が一冊の文庫を取り出した。向田邦子《むこうだくにこ》の『夜中の薔薇』だ。エッチングで描かれた美猫が表紙を飾っている。

「ああ、そういえば向田邦子って読んだことない。おかあさん、持っていたんだ」

向田邦子は昭和を代表する脚本家で、小説でも直木賞を獲るほどの名文家だったらしい。でも、自分にはちょっと古い感じがして、いままで読もうとしなかった。

「小説はあんまり私の好みじゃないけど、エッセイはおもしろいよ」

「これは？」

「これもエッセイ。ちょうどあなたの年の頃読んだの」

「読んで……感銘《かんめい》受けたとか？」

「うーん、そうとも言えるし、そうとも言えない」

「どういうこと？」

「この後ろの方にね、載ってるエッセイにね」

そう言って、母はぺらぺらページをめくった。

「そうそう、これ。『手袋をさがす』っていうの。これ読んで、やっぱり向田邦子ってすごい人だなあ、って思ったの。エッセイとしてもおもしろいけど、人間的なつよさが半端じゃないなって」

「まあ、そうなんでしょうね」

向田邦子はある世代には絶大な人気を誇る。いまでも時々「向田邦子」を特集した雑誌や本が出るくらいだ。それほどの人が弱いわけはないだろう。

「私たちの頃は、キャリアウーマンが最先端だったっていう話はしたよね。正直ママもそういう生き方に憧れた時期もあるの。仕事をばりばりこなして、自分の稼ぎで旅行したり、流行の服を纏《まと》ったり。そういう生き方がかっこいいなあって」

母らしくない、と愛奈は思う。母はいつも夫や子供を自分より立てて、それが生きがいだと思っているように見える。そんな母でも、若い頃は正反対の生き方にあこがれていたのか、というのは新鮮な驚きだった。

「これは向田さんが若い人に向けて書いたエッセイで、だからメッセージみたいなものが込められていると思う。彼女は、自分にあわない手袋をするぐらいなら、生涯手袋を持たなくていいって言うの。その手袋っていうのは、実は仕事だったり伴侶だったり、いろんなものの象徴だと思うのだけど」

「なるほどね」

それで、手袋を探す、か。なかなか洒落ている。

「そういう生き方は偏屈《へんくつ》かもしれないけど、そういう生き方しかできない自分のような人間もいる。でも、それならそれで腹をくくってその生き方を貫く。これを読んだ時、向田さんの決意表明みたいだな、と思った。すごくカッコいいと思った。同時に、私はそんな生き方は無理だなと思ったの。自分を貫いていろいろ角《かど》を立てるよりも、まわりと折り合って、ほどほどに満足できればそれでいい。見たこともない素敵な手袋をさがすよりも、目に入る中でいちばんいいものを選ぶのが自分らしいって」

「そうね、その方がおかあさんには合っている」

「向田さんの意図したこととは正反対かもしれないけど、これを読んだおかげで自分自身というものがよくわかった。青い鳥を他所《よそ》に探しに行くことはしないですんだ」

「それで、私に？」

「ええ、あなたはどっちなのかしら。何か考えるきっかけになるといいと思って」

「ありがとう」

母の申し出はちょっとずれている気もしたが、なんとか娘の力になろうという気持ちは嬉しかった。母が若い頃読んで感銘を受けた本というのは興味深い。読んでみようと素直に思った。

18

「二月のフェア、まだ内容は決まってませんか？」

愛奈の問い掛けに、文芸チーフの尾崎は一瞬戸惑ったような顔をした。

「えっと、アイデアはあるけど、まだ決定はしていないわ」

「あの、私、企画考えてみたんです。もしよければ、これ読んでもらえますか？」

愛奈は夕べ遅くまで掛かって書いた企画書を、尾崎に手渡した。

「ええっと『就活生に捧げる文芸書フェア』。文芸書でやるの？」

「はい。もちろんビジネス書の方でもやると思うのですけど、直接的なノウハウじゃなくて、これから就活を始める人を励ますような、精神的な支えになるような、そんな本を集められるといいんじゃないか、と思うんです。就活って長いし、結構へこむこともあると思うんです。だから、そういう時読みたくなるような本を集められたらって。私自身が就活生なので、そう思うのかもしれないんですけど」

「いいわね。おもしろそう」

尾崎は愛奈に微笑みかけた。それを見て、愛奈はほっとした。バイトのくせに生意気だと言われたら、どうしようかと思っていたのだ。

「どんな企画でも、その人自身の問題意識と結びついていた方がいいものになると思うわ。あなたが就活生だからできるフェアっていうのもきっとあると思う。実現したらおもしろいものになるでしょうね」

「あの、前からお話ししているように、来年二月いっぱいでここのアルバイトを辞めるつもりなんです。就活が早く終わったらまた戻るかもしれませんけど、しばらくは来られません。だから、最後にこういうフェアをやらせてもらえれば、自分でもいい区切りになると思うんです」

「そう。で、ラインナップは？」

「ええっと、まだ半分くらいしか考えてないのですけど、こんな感じで」

愛奈のリストには、晶文社の「就職しないで生きるには」シリーズや小説の『シューカツ！』『何者』『あの子がほしい』といった小説が並ぶ。

「実際にやるとなったら、もうちょっと点数を増やした方がいいと思うけど、おもしろいフェアになりそうね。時期もちょうどいいし。だけど、まずやれるかどうか、次の会議で挙げてみますね」

「ありがとうございます。よろしくお願いします」

二月いっぱいでバイトは辞める。それは自分で決めたことだ。だけど、最後にここでバイトした爪痕を残したい。いっしょに働いていた人に、「あの子は頑張っていたね」と思われるようなことをやって終わりたい。そうすれば、ここで働いたことが自分にとって意味のあるものになるだろう。

それからは、ちゃんと就活をやろう。書店関係、出版関係、取次関係など本に関係した仕事を探すつもりだ。それが自分らしいし、ほかのところに就職しても、きっと未練が残るだろう。

出版不況。それは確かに不安だ。だけどいまの時代、これが絶対安全という業種などあるだろうか。だったら、自分の好きな業種を選びたい。それに、どんな仕事でもそこで一生懸命やっていれば、次に繋がる何かを身に付けることができる。書店員として接客のプロになれば――西岡店長みたいに嫌な客を簡単に撃退するくらいに――ほかの販売業でも役に立つし、営業の仕事に繋がるかもしれない。

あるいは結婚して家庭に入ることになったとしても、本の知識があれば、おひさま文庫を手伝うようなこともできる。ブックカフェを開くことだって、もしかしたらできるかもしれない。そこまでいかなくても、自分の子供に本を買って与えるとき、きっと本の知識が生きるだろう。

本は決してなくならない。そして、自分はずっと本に関わっていきたい。

母に借りた向田邦子のエッセイは面白かった。だけど、私も母同様、向田邦子とは違うと思った。どこかにあるかもしれない理想の手袋を追い求めるより、私もほどほどの手袋でよしとするだろう。だけど、それはそれで自分らしいと思える手袋を選びたい。既製品であわなければ自分で作る——なんてことは無理かもしれないけど、既製品にちょっとだけアレンジを加える、そんな程度でもいいんじゃないかと思う。これが自分らしい、と納得できれば、誰がなんと言おうとそれでいいのだ。

次の週には、愛奈の企画が通ったと尾崎から言われた。

「文芸書の今月のフェアのスペースで展開するからね。三十冊くらいはリストアップしてね。私も協力するから」

「三十冊、結構ありますね」

「自分ひとりで抱え込まないで。ほかの人にも協力してもらったら?」

「そうですね。いろんな人にアイデア出してもらった方が面白いものになりますね」

「ん、まあ、そうね」

尾崎はちょっと含みのある感じだったが、それ以上は何も言わなかった。愛奈はさっそく休憩時間にバイト仲間三人に聞いてみた。

「就活生向けの文芸フェア？　やっぱり『何者』とか？」

「それより、石田衣良《いしだいら》の『シューカツ！』の方がストレートじゃない？　就活シミュレーション小説みたいだし」

「最近『あの子がほしい』って小説が出ていたね。就活生じゃなくて面接官が主人公だけど、これとか役に立ちそうだよ」

「あとは三浦《みうら》しをんのデビュー作『格闘するものに○《まる》』っていうのもあったよね」

と、ここまではすぐ出てくる。就活をテーマにした代表的な小説だ。だけど、それだけではフェアにはならない。

「有川浩《ありかわひろ》の『フリーター、家を買う。』はどう？　新卒じゃないけど、自分にあった仕事を見つけていく話だし」

「ああ、そうでした。それを入れなきゃ」

愛奈はメモを出して書名を書き入れる。

「逆に、『君たちに明日はない』なんていいかも。リストラ請負人の話だけど、それぞれの業界の違いとか、組織で生きる意味とか、いろいろ考えさせられるよ」

「就活生にリストラの話？　それはキツイんじゃない？」

「そうかな。組織に入る前だからこそ、シビアに考えた方がいいと思うよ。入ってからこんなんじゃなかった、と思わないように」

　そこにいた三人は、やはり本好きなので、本について語るのは楽しそうだ。

「ダイレクトに就活を扱ってなくてもいいんです。就活する人の参考になったり、あるいは直接的には役に立たないかもしれないけど、励まされるような本でも」

「たとえば」

「たとえば、ええっと」

　問い返されて愛奈は一瞬詰まったが、

「たとえば向田邦子のエッセイで『手袋をさがす』っていうのがあるんです。『夜中の薔薇』という文庫の中に収録されている短いものなんですが、自分自身の道を探すということについて、すごく刺激的な文章でした。こういうのも入れたいなあ、と思うんです」

「だったら沢木耕太郎《さわきこうたろう》さんの『深夜特急』がいいよ。これは先輩に勧められたんだけど、こういう生き方もある。たくさんの選択肢を見てから自分の進む道を選ぶっていう参考になるかもしれないって」

「なるほど」

いい選択だけど、ちょっと説明がいるかもしれない、と思いながら、メモを取る。

「だったら、宮下奈都《みやしたなつ》さんの『神さまたちの遊ぶ庭』は？　いま私が一番はまってるのはこれ。これも傑作だよ。こういう生き方もあるって思っちゃった」

「うーん、宮下さんならむしろ『スコーレNo.4』じゃないかなあ。『神さま』は傑作だと思うけど、仕事っていうより家庭にフォーカスしているから」

「ああ、確かに。そっちの方が直球かも」

そうそう、こちらを忘れていた。これは欠かせないだろう。

「だけど、どうせならもっと年上の人とかにも聞くといいと思うよ。昔の本とかは、私たちじゃあまりわからないから」

集まっている三人は、愛奈とほぼ同世代である。つまり就活生とも同世代、そのお薦めだからいいと思うが、年長者からのアドバイスも必要だろう。

「そうですね。じゃあ、ほかの人にも聞いてみます」

「そうだな。俺なら鈴木清剛《すずきせいごう》の『ロックンロールミシン』かな」

副店長の市川は、しばし考えた後、そのタイトルを出した。

「ロックンロールミシン？」

愛奈は知らない作品だ。だけど、タイトルはカッコいい。

「三島賞も獲ってるし、映画にもなったんだよ。君らの世代じゃ知らないか」

いつごろの作品だろう。うちの店にあっただろうか。

「あとはそうだな、角田光代《かくたみつよ》の『エコノミカル・パレス』かな」

角田光代はもちろん知っているが、その作品は読んでいない。

「角田光代の作品がフリーター文学と呼ばれていた頃のまあ、到達点というか」

「フリーター文学？」

「就活なんてこじゃれた言い方をするが、要は金を稼いで自分の生活を支えるってことだ。やり甲斐だのなんだの言う前に、この厳しい現実を直視しろってことだな、俺が言いたいのは」

「はあ」

まあ、そういうのもいいか。副店長の推薦なら、出さないわけにはいかないし。

「若い人に読んでもらいたいとしたら、椎名誠《しいなまこと》の『哀愁の町に霧が降るのだ』。これ、好きなんだよね。おとなの青春小説だと思う。あと『ビジネスマンの父より息子への30通の手紙』なんてのもいいんじゃない？」

「やっぱり晶文社の『就職しないで生きるには』シリーズは外せないでしょ。とくに夏葉社《なつはしゃ》の島田潤一郎《しまだじゅんいちろう》さんが書いた『あしたから出版社』は傑作だよね。仕事というだけでなく青春文学としても最高。島田さんはうちにもたまに営業に来るけど、あんなに書ける人だとは思わなかった」

「そのものずばり『仕事は楽しいかね？』なんてどう？　表紙もかわいいから手に取られやすいよ」

「ぜひ松浦弥太郎《まつうらやたろう》の『センス入門』を。センスは持って生まれたものでなく、自分自身で磨くものという考え方は厳しいけど、自分もまだ頑張らなくちゃ、と思わせてくれる。大人が読んでも刺激的な本。装丁というか、本の佇《たたず》まいも素敵なの」

「小説じゃなくて、自己啓発書とかでもいいかしら。私自身、読んで刺激を受けたのが『ずっとやりたかったことを、やりなさい。』。年を取れば取るほど、自分自身ほんとは何が好きで、何を楽しいと思っていたのか、わからなくなるじゃない。そういう人がこれを読むと自分を取り戻せると思う。そのためのやり方が具体的に書かれてあるので、実用的だし」

「最近、松下幸之助《まつしたこうのすけ》の『道をひらく』が女子にも売れてるよね。それに定番の稲盛《いなもり》和夫《かずお》の『生き方』なんかも、逆にいまの人には新鮮かも。あと、はやりのスタンフォード大学の講義本だけど『20歳のときに知っておきたかったこと』もいいんじゃないかな」

「橋本治《はしもとおさむ》の『恋愛論』は最近復刊されたけど、『青空人生相談所』はどうよ？　これ、傑作だよ。相談者自身も気づいていないその人の本質を橋本治が指摘して、その悩みをばっさばっさと斬っていくの。読んでるだけで頭の中が整理されるというか。ああ、やっぱりこっちは品切れのまま？　だったら『恋愛論』だけでも入れてよ」

十人十色というが、聞けば聞くほどいろんな本が出てくる。人によって就活生に届けたいと思う言葉や想いは違うものだなあ、と思う。熱く語られると、やっぱりこちらも読みたくなる。仕事だけど、これは私にとっても楽しい選書だ。

だけど、ただこれを並べても、収集つかなくなるかな。まるでばらばらに見えるんじゃないかしら。

『いいんじゃないの？　それで。多様性ってやつだよ』

電話の向こうから、彩加の力強い返事が響いてきた。バイトのことで相談できるのはやっぱり彩加がいちばんだ。忙しいのに大丈夫かな、と思ったが、彩加は快《こころよ》く相談に乗ってくれた。

「だけど、このまま並べても、ばらばらに見えるだけじゃないかな」

『それはレイアウト次第だよ。フェアタイトルがはっきりわかるように提示して、それぞれの本にどうしてそれを選んでいるか、わかるようにPOPを作ればいい』

「全部にPOPをつけるわけね」

なんとなくイメージが湧いてきた。面陳《めんちん》した本を邪魔しないように、小さ目のPOPで推薦理由を書いたらいいんじゃないだろうか。

『たいへんだと思うけど、せっかくやるんだから、そこまでやったらどうかな』

「そうよね。書店のみんなに推薦してもらったものだし、どうしてそれを読んでほしいと思ったのか、わかるようにした方がいいよね。ついでにフリーペーパーも作った方がいいよね」

『だよね。どうせならいっしょにできるといいんだけど、うちもオープン直後だから、さすがにフェアにいろいろ工夫を凝らすのは難しいだろうな』

フリーペーパーをひとりで作るのは初めてだ。いままでは彩加が作るものに、文章を提供するくらいだった。

「いまは何をしているの?」

『レイアウトを決めて、什器《じゅうき》を入れるところ。それからアルバイトの募集もしているので、その面接もそろそろ始まるよ』

「いよいよ本格始動だね」

『うん』

「沼津の方はどうなってるの？」

『あっちも、休みのたびに行っている。カフェコーナー、いい感じに仕上がったよ。珈琲だけじゃなくて、おとなりのパンも少しそこで売ることにしたの。店では売っていない、温めて食べるスイーツを。そうしたら、それ目当てで来てくれるお客さんも現れたのよ』

「そう、それはよかったわね」

『そっちが好評だから、目立つところにトルコの写真集やパンの本なんかも置いてみたら、これも動いているんですって。思わぬカフェ効果だって、伯母も喜んでいたわ』

彩加の声が弾《はず》んでいる。たぶんそうした行為のひとつひとつが、大田との距離を縮めているのだろう。

「あの、彩加、聞いてもいいかな」

『ん、何？』

「彩加は、沼津に戻ろうとは思わないの？　その、伯母さんの店を継ぐっていうのもありなんじゃない。大田さんみたいな人もいるし、あの商店街を盛り上げるのもやり甲斐がありそうだけど」

『それはそうだけどね。いまじゃない、と思うんだ』

「いまじゃない？」

『いままでずっと東京の書店で頑張ってきて、それが認められて、ひとつ店を任せてもらえる。そこを逃げ出すわけにはいかないでしょ』

「それはそうだけど……」

沼津の商店街だって、いまが頑張り時だ。伯母さんの店のブックカフェを軌道に乗せること、それ自体で人が呼べるような場所にするための努力は、いまこそしなければならないだろう。

『そこをちゃんとしてからじゃないと、次に移れない。取手の店を軌道に乗せることができれば、自分でも一回り成長できると思うし。逆に、ほんとうに田舎に帰ろうと思うなら、スキルアップしてからじゃないと無理だよ』

「え、どういうこと？　いまだって彩加は優秀な書店員じゃない」

『私のスキルは吉祥寺という大都会の、お客の絶えない店だから通用すること。それに、書店の仕事のごく一部しか知らないし。だから、いま沼津に戻っても足を引っ張るだけ。田舎の小さな本屋とはいえ、店一軒運営していくってたいへんなことだから』

「そうかな……」

『起《た》ち上《あ》げからひとつの店を任されるっていうのは、すごい勉強になる。人件費とか坪単価とか、いままで全然考えたことがなかったし、レイアウトひとつとってもいろんなやり方があるな、って改めて思ってる。毎日、お金を貰って勉強させてもらっている感じだよ』

彩加は小さく笑った。前向きだな、と愛奈は思う。ふつうなら、慣れないことをいろいろやらされてしんどいと思うだろうに。

『ずるいことを言っちゃえば、ここで私が失敗しても、それは私の失敗じゃなくて会社の失敗。金を払うのは会社だからね。そして、だからこそ私が失敗しないようにいろいろサポートしてくれる。そこに甘えて、いろんなことにチャレンジしたい。それが店の向上に繋がると思うし、同時に私自身もいろんなノウハウが手に入ると思う。いま居るこの場所で身につけられるノウハウはすべて手に入れたい。沼津に戻るのは、それからでも遅くない』

「すごい、彩加つよいなあ」

溜息が出る。なんて前向きで、力強い考え方なのだろう。そんなふうに思えれば、新しい店もきっとうまくいくにちがいない。

『ほんとはね、沼津があるってことが、私にとってのいちばんの強みだ、と思ってる。私にとってのベースは沼津。いざとなれば沼津に戻ればいい、そう思っているから東京でも取手でも頑張れるんだって気がついたの。だから、沼津はいつまでもよくあってほしいと思うし、いつでも手を貸すつもりもあるけど、いまはその時期じゃないっていうだけ』

うらやましいな、と愛奈は思う。故郷のある者の強み。それは東京で生まれ、東京で働くだろう自分には、決して持てないものだ。

「頑張ってね。彩加ならきっとうまくいくと思う」

『ありがとう。愛奈も頑張ってね。就活フェア、楽しみにしてる。フリーペーパー完成したら送ってね』

「うん、必ず送る」

『現役の就活生である愛奈の仕事だもの。きっと面白くなるよ』

「ありがとう、頑張るよ」

そう、頑張ろう。これが私のバイト生活一区切り、集大成になるのだから。小さなことだけど、大学時代、書店のバイトは学業以外で一生懸命やったこと。だからいい形で一区切りつけて、次に繋がるステップにしたい。

それが私らしいやり方だとおもうから。

19

そうしてフェア当日を迎えた。この一ヶ月、愛奈は自分でも頑張ったと思う。選書をして、手に入る本かどうかをチェックする。そして、上司の尾崎と相談しながらフェアアイテムを絞り込む。版元の営業に相談して、発注をする。フリーペーパーを作る。POPを作る。飾り付けをする。結構忙しかった。あいかわらず梨香たちと会って、就活対策もしている。しかし、バイトのシフトを多く入れたおかげで、その集まりにも欠席しがちだった。

「愛奈ってば、いつまでバイト続けるつもり？　そろそろ本腰入れなきゃまずいよ」

梨香に忠告される。友野も、

「ここで頑張らなきゃ、あとで後悔するよ」

と言う。ふたりとも心配してくれているのだと思う。それはわかっているが、だからと言ってここで引き下がるわけにもいかない。

「ありがとう。だけど、いまバイトの方で自分の企画したフェアを進めてるんだ。だから、そっちもちゃんと見届けたい。それが終わったら、就活も気合入れるから」

「フェアって、何やるの？」

「フェアのタイトルは『就活を考える』になった」

愛奈が言うと、梨香は噴き出した。

「なにそれ。いまの愛奈の状況そのものじゃない」

「うん、そう。だからこそ響く選書もできるんじゃないかと思って」

「それはどういうこと？」

それまで黙っていた峻也が愛奈に問い掛けた。

「この時期、うちの書店では例年就活フェアをやってるの。いままでは資格とか経済書の方のコーナーだけでやってたのよ。いわゆる就活用のガイドブックとかを集めたやつ。だけど、今年はそれだけでなく就活生に薦めたいような文芸書もいっしょに並べて紹介しようってことになったの」

当初愛奈が考えていたような、文芸コーナーだけで展開するという案は、店長のアイデアで覆《くつがえ》された。

「どうせやるなら、特設コーナーで大々的にやりましょう」

と、言われたのだ。しかし、副店長の市川は渋い顔をしていた。

「しかし、就活っていうのは一部の学生にしか関心持たれないんじゃないかな」

「そうでもないわ。学生全般には大きな関心事だし、その保護者、会社の人事担当や新人を迎える立場の人たち、転職を考える人たち、意外と幅広い層に関心を持たれる問題よ。就活を考えるっていうのは仕事を考えることとイコールだから。そういうことにテーマを広げれば、面白いフェアになると思うわ」

店長の後押しのおかげで、文芸だけでなく、店をあげてのフェアに決まったのだった。

「文芸書っていっても、就活小説ってそんなにないでしょ？　ぱっと浮かぶのは、朝井リョウの『何者』くらいじゃない」

峻也が『何者』を知っていることに愛奈は少し驚いた。峻也は実は文学にも関心があるのだろうか。

「小説だけでなくエッセイとかノンフィクションも入れているの。立花隆《たちばなたかし》の『青春漂流』みたいに〝職業選択〟をテーマにしたインタビュー集とかね。私も知らなかった本もたくさんあるから、フェアをやりながら自分でもいろいろ刺激を受けている」

「立花隆って誰？」

友野の問いに、峻也が代わって答える。

「有名なジャーナリストだよ。総理大臣だった田中角栄《たなかかくえい》を退陣に追いやるきっかけを作った『田中角栄研究』とか、一般常識問題で出るかもしれないぜ」

なるほど、峻也みたいに一般常識の問題集をちゃんとやってれば、『何者』も立花隆も知ってるわけだ。まあ、何がきっかけでも知らないよりはいいけど。

「確かに、愛奈は一般常識問題は強いよね。それも本屋でバイトしているおかげ？」

「さあ。確かに本屋でバイトしていると、いまの流行とか社会の関心事がキャッチしやすくなるかもしれないけど」

流行や時事ネタが雑誌や本にはすぐに反映される。たとえば芸能界に興味のない愛奈でも、雑誌や写真集をレジで見ていれば、誰が世間の関心を集めているかは、なんとなくわかってくる。でも、それだけでは知識とは言えない。むしろ普段の読書量の差だろう。

「考えてみれば、バイトなのにフェアを仕切りましたってこと、いい自己アピールになるよね。そういう頑張りって面接官に受けそうじゃない？　私も書店でバイトしとけばよかったかなあ」

ああ、梨香も迷っているんだ、と愛奈は気づいた。自分の中に確固たるものがない、それは梨香も同じなのだ。茫漠《ぼうばく》とした未来の前で途方に暮れている、きっとそうなのだろう。

「高梨さんって吉祥寺でバイトしてるんだっけ。駅ビルの書店？」

ふいに峻也が問い掛ける。

「いいえ、新興堂書店。駅からは五分くらい歩くとこ」

「ふーん、そこは知らないや」

「俊也って吉祥寺に詳しいの？」

「あれ、言ってなかったっけ？　俺がやってる家庭教師のバイト、吉祥寺なんだ。頼まれて、親戚の子を教えている」

「へえ、じゃあふたりで待ち合わせてデートとかもできるね」

梨香がからかうような口調で言う。しかし、

「まさか。大学でしょっちゅう会えるのに、なんでわざわざ吉祥寺で会わなきゃいけないの。バイト終わりなんて疲れてるし、さっさと家に帰りたいよ」

と、梨香の好奇心を峻也はにべもなく断ち切った。その素っ気ない態度が峻也らしくて、なんだかおかしかった。


一月最後の日、閉店と同時に特設台の本を撤去して、『就活を考える』フェアのための準備をする。遅番のスタッフが総がかりで用意した本を並べ、ＰＯＰや飾り用のエントリーシートなどをセッティングをする。大掛かりなフェアなので、飾り

付けが全部終わったのは、その日の日付が変わる頃だった。

「愛奈ちゃん、終電は大丈夫？」

上司の尾崎が心配してくれる。

「はい。うちは中央線なので、終電は一時近くですから」

そうして愛奈はそれぞれのコーナーを最終チェックした。

目立つところに置くのは『就職四季報』や『会社四季報業界地図』『就職の赤本』『SPI2の完璧対策』「面接の達人」シリーズといったガチガチの実用書。これぞシューカツ本だ。

そしてその隣には佐《さ》々《さ》木《き》常《つね》夫《お》『働く君に贈る25の言葉』、スティーブン・R・コヴィー『完訳7つの習慣　人格主義の回復』、松下幸之助『道をひらく』、稲盛和夫『生き方　人間として一番大切なこと』、キングスレイ・ウォード『ビジネスマンの父より息子への30通の手紙』、デイル・ドーテン『仕事は楽しいかね？』といったビジネスマン向けの自己啓発書。どれも名著と言われるような本だけに、これから社会に出ていこうとする若者にも響くものがあるに違いない。

新書でも就活絡みのものはいくつもある。『就職とは何か――〈まともな働き方〉の条件』『人事のプロは学生のどこを見ているか』『就活って何だ　人事部長から学生へ』『面接ではウソをつけ』『若者と労働「入社」の仕組みから解きほぐす』『大学キャリアセンターのぶっちゃけ話　知的現場主義の就職活動』『1分で大切なことを伝える技術』、などなど、就活は多くの人の関心事だけに、いろんな種類の本が各版元から出されている。良書も多い。そんななかで、橋本治『上司は思いつきでものを言う』が入っているのは、新書担当者のこだわりだ。会社という組織にあまり理想を求めすぎるな、と言いたいのだという。

　小説では石田衣良『シューカツ！』、三浦しをん『格闘するものに○』、朝井リョウ『何者』、朝比奈あすか『あの子が欲しい』、そしてコミックの三田紀房《みたのりふさ》『銀のアンカー』。さらには宮下奈都『スコーレNo．4』、有川浩『フリーター、家を買う。』、坂木司《さかきつかさ》『切れない糸』と、お仕事小説的なもので、若い読者に人気のある作家のものも交ぜておく。

　ここまでは就活フェアとしたら王道だろう。だが、愛奈がこだわったのは、すんなり就活に入っていけない学生、たとえば自分のような迷える若者にも響く本を置きたいということだった。立花隆『青春漂流』、向田邦子『夜中の薔薇』、沢木耕太郎『深夜特急』、松浦弥太郎『センス入門』、ジュリア・キャメロン『ずっとやりたかったことを、やりなさい。』、島田潤一郎『あしたから出版社』、森岡督行《もりおかよしゆき》『荒野の古本屋』、久松達央《ひさまつたつお》『小さくて強い農業をつくる』、井川直子《いかわなおこ》『シェフを「つづける」ということ』、森健《もりけん》『勤めないという生き方』、西村佳哲《にしむらよしあき》『自分の仕事をつくる』、伊藤洋志《いとうひろし》『ナリワイをつくる　人生を盗まれない生き方』。小説では、椎名誠『哀愁の町に霧が降るのだ』、篠田《しのだ》節子《せつこ》『女たちのジハード』、鈴木清剛『ロックンロールミシン』、角田光代『エコノミカル・パレス』、垣根《かきね》涼介《りょうすけ》『君たちに明日はない』。

この辺のラインナップについては、選書をチェックしてもらった尾崎に「脱・就活というか、脱・会社フェアみたいね」と言われた。晶文社の「就職しないで生きるには」シリーズが中心になっているから、そうとも言えるかもしれない。だけど、企業に自分を合わせられない若者だっている。そういう人のための励ましになる本、あるいはどうしても企業に入らなきゃ、と切羽《せっぱ》詰《つ》まった気持ちの学生が、「こんな生き方、考え方もあるんだ」と知れば少しは気持ちが楽になるような本を置きたかったのだ。この一角には「就活につまずいたときに読む本」というコーナータイトルをつけておいた。ちょっと自分の趣味に走ったかな、と思ったが、本部のマ《M》ーチャン・ダ《D》イジングである小幡亜紀には、「これがあるのがいいよね」と褒められた。

「ふつうなら、就活ガンバレってがんがん応援する本ばかり並べがち。一心不乱に自分の目指す企業に向けての努力ができる学生にはそれでいいけど、そればかりじゃないからね」

小幡亜紀は愛奈にとっては大学の先輩であり、あこがれの書店員でもある。そもそも亜紀がいるからこの店で働こうと思ったのだ。しかし、昨年の四月で亜紀が本部のMDに異動したので、日常的に会うことはなくなった。フェアをやったことで、しかも尾崎が「自分でMDに相談してみなさい」と言ってくれたおかげで、亜紀と連絡を取ることができた。このフェアをやってよかった、と思う理由のひとつはこれである。

「小幡さんは、就活はどうなされたんですか?」

「私? あんまり褒められたもんじゃないわね。面接がぼろぼろで落とされまくった。それで最終的にはコネ入社」

「へえ、そうなんですか。ちょっと意外です。小幡さんなら、面接でもちゃんと自己アピールできそうなのに」

少なくとも、面接で上がってしゃべれなくなる、ってことはなさそうだ。

「主張しすぎて落とされたのかも。こう答えればウケがいいんだろうな、とわかっていても、つい本音でしゃべっちゃうから」

亜紀は首を竦《すく》めた。

「ほら、すごい熱心な就活生が滔々《とうとう》としゃべっていると、茶番劇みたいに思えるじゃない。それを聞いて、しらけちゃったりしたの。いま考えると自分も女優になったつもりで、求められる就活生の役を演じればよかったんだけどね」

「女優になったつもり、ですか」

「そう。面接で大事なのは、自分を正直に見せることじゃない。その場で何が求められているかを察知して、臨機応変に対応すること。仕事の現場では大事なことだからね。それができる人間かどうか、ってことを面接官は見ているのよ」

「なるほど……」

「面接というと、自分の人となりをアピールしなきゃ、とか考えちゃうでしょう? だから、面接に落ちると自分の存在意義まで否定された気持ちになったりして。だけど、そんなふうに落ち込む必要はないのよ。面接官だって、わずか数分の面接で相手の人間性がわかるなんて思っちゃいないしね。せいぜい第一印象の良し悪しと、アドリブが利くか、くらいしかわからないんだから」

小幡亜紀らしいユニークな面接論だ。でも、それも一面真実かもしれない、と愛奈は思う。

「これは実は自分が会社に入って、バイトの面接官をやる立場になって、初めてわかったことなの。学生時代に気づいていれば、『私は北島《きたじま》マヤ。千の仮面を持つ女。このオーディションも勝ち取ってみせる』と自分に言い聞かせて、面接に臨んだんだけどなあ」

亜紀は本気で残念そうだ。北島マヤというのは、『ガラスの仮面』という漫画に出てくる天才女優のことだ。でも、実際そんなふうに面白がるような気持ちで臨んだ方が、面接もうまくいくのかもしれない。

「ありがとうございます。参考になります」

「あ、私の言うのをあまり本気にしちゃダメよ。冗談だからね。しょせん面接で落ちまくった人間の言うことだから」

亜紀が慌てて否定するのがおかしくて、愛奈の頬に笑みが浮かぶ。三十過ぎているのに、子供みたいに無邪気な人だ、と愛奈は思う。

だが、小幡亜紀はただ無邪気なだけでなく、仕事については熱心で、このフェアを実現させるために陰で奔走《ほんそう》してくれたことを愛奈は知っている。二月は例年新興堂書店の周年フェアをやるのがきまりだったのだ。だから、文芸とかビジネス書の売り場で小さくやるならともかく、特設フェアで周年フェア以外のことをやるのはタブーだ、ということを後から聞かされた。

「あなたは知らないみたいだから、一応言っておくけど」

と、古株のビジネス書担当の契約社員から忠告された。それは親切なのかどうかはよくわからない。バイトのくせに生意気だ、と思う人がいることも、なんとなく気づいていた。

「私がこういう企画を立てたのは、もしかしてご迷惑だったのでしょうか。文芸の売り場だけでやっていた方がよかったのでしょうか」

おそるおそる尋ねた愛奈に、亜紀は笑って答えた。

「現場がそっちでやりたいって言うんだから、いいに決まっているじゃない。周年フェアについては去年三十周年で大々的にやったから、今年はそんなに大きくやる必要もないし」

しかし、ほかの系列店ではどこでも三十一周年フェアを大きく展開している。就活フェアを大々的に打ち出しているのは吉祥寺店だけだ。それを通すことできっと亜紀か店長かほかの誰かに何かの皺寄せが行っただろう。そういえば副店長も就活フェアには反対していたっけ。浮かない顔の愛奈を見て、

「気にしなくてもいいって。現場がやりたいことをいいかたちで実現させるのが、いまの私の仕事なんだから。ほんとに、とてもいいフェアになったと思うよ」と亜紀は慰めてくれた。

「そうですか？」

「ひとつひとつこんな丁寧なＰＯＰをつけて、フリーペーパーもちゃんと作って。これを作るのにどれだけ想いがこもっているか、どれだけ手間が掛かっているか、書店員ならみなわかるよ。これを見たらみんな納得する。いろいろ言う人がいて

も、結局吉祥寺店で一致団結してこれをやろうとしたのは、あなたのがんばりが伝わったからだよ」

「ほんとですか？」

いろいろ言う人がいた――誰が、何を言っていたのか、愛奈はよく知らない。上司の尾崎や店長の西岡には「あなたはフェアの仕事に集中なさい。それ以外のことは、こっちでやっておくから」と言われていた。いろんな雑音も自分には届かないようにシャットアウトしてくれたのだろう。

選書にしても、自分ひとりではとてもできなかった。それぞれの部署の担当からいろいろアドバイスをもらっていた。いろんな人がいろんな場面で助けてくれたから、実現したことなのだ、と改めて愛奈は思った。

「実際、横浜店や福岡本店からもフリーペーパーを使わせてくれ、という申し入れがきている。それって素敵じゃない。あなたの作ったものが遠く福岡でも役に立つんだよ」

福岡。自分では行ったことのない場所だ。だけど、自分が書いたものがそこで飾られる。そこで読んでもらえる。なんてすごいことだろう。

「あなたのやったことを評価している人はたくさんいる。自信持っていいよ」

「ありがとうございます」

嬉しくて、ちょっと泣けそうだった。小幡亜紀という大学の先輩がいる。そんな軽い気持ちで決めたアルバイトだったけど、ここで働いてよかった、と思う。ここで経験したことはきっと明日の糧《かて》になる。この先就活で落ち込むことがあったとしても、きっとこの経験が自分を励ましてくれるだろう。

そうして二月は時間が流れるように過ぎて行った。春休みになっていたのでバイトのシフトを目いっぱい入れたが、同時に就活のための情報収集や問題集も進めた。不思議と就活のためにあれこれやることが、以前ほど苦痛ではなくなっていた。むしろ就活でどんな体験ができるか、わくわくするような気持ちすら生まれていた。「北島マヤみたいに」面接で振る舞えるだろうか、などと想像して、にやにやしたりした。

バイトのシフトをたくさん入れたのは、フェアの反響が知りたかったからだ。「数字的にはまずまずだよ」と、尾崎に言われてはいたが、自分の目でそれを確かめたかった。レジにいて、フェアの商品を買ってくださるお客様がいると、包装するのも普段より丁寧にして、「お買い上げありがとうございました」という言葉にも力がこもる。フェアに積まれた本が少しずつ減っていくのを見るのは、自分の気持ちが同じ就活生に確かに届いている気がして、胸が熱くなる思いだった。

彩加も、忙しい合間を縫って、わざわざ見に来てくれた。

「送ってもらった写真を見たら、どうしても現場が見たくなっちゃった。やっぱりいいよ。愛奈の頑張りがちゃんと売り場に現れている。私も『就活フェア』をやる時は参考にするよ」

と言ってくれた。自分の仕事を、業界の先輩の彩加が参考にする、と言ってくれたのはすごく嬉しかった。そこまでのことができた、それはバイトのいい一区切りになるだろう。

わざわざ来てくれたのは、彩加だけではなかった。フェアも終わりに近づいたある日、早番のバイト終わりに愛奈は特設フェア台をチェックに行った。帰りがけにフェア台の本の売れ行きを確かめるのが、ここのところの愛奈の楽しみだった。その日も何人かのお客がフェア台を取り巻いていたが、そのひとりを見て、愛奈は思わず「あっ」と声をあげた。大学の同級生の峻也だった。こんな場所で会うとは到底予想していなかった人物だ。

愛奈の声を聞いて、峻也が目を上げた。すぐに愛奈に気づいて、ちょっと照れくさそうな顔をする。

「どうしたの、こんなところで」

「家庭教師の帰り。参考書探しに来たんだけど、どうせなら高梨さんのバイトしてところで買おうと思って」

「梨香や友野くんもいっしょ？」

峻也は梨香たちを通じて知り合った友だちだ。自分に会うためだけにひとりで来るとは思えなかった。

「いいや。春休みになってから大学に行ってないし、連中とは最近会ってない」

「そう」

どきどきして峻也の顔がまともに見られない。友だちといっても、ふたりだけでどこかに行ったりしたことは一度もない。しかもバイト先という、いわば自分のプライベートな領域にわざわざ峻也が来てくれるなんて思いもしなかった。

「高梨さんがやってるって言ってた『就活フェア』も見たかったしね。なかなかおもしろい本が並んでるね」

峻也はフェアのアイテムの中から、新書を一冊取り上げた。『上司は思いつきでものを言う』だ。

「まさか橋本治が入っているとは思わなかった。しかも、これを選ぶってのはなかなかだよ」

その口ぶりは中身を理解しているということだ。一般常識問題集の知識だけではないらしい。

「佐々木くん、橋本治が好きなの」

「ん、何冊かは読んだことがある。頭のいい人だし、ああいうシニカルな文章は嫌いじゃない」

言われてみれば、そういうところは峻也自身に通じるものがある。類《るい》は友を呼ぶというやつだろうか。

「それに、『深夜特急』入れるとかね。けっこうセンスがいいよ」

沢木耕太郎の名著だ。愛奈も大好きな本である。それを褒めてもらえるのは悪い気はしない。

「ありがとう。そう言ってもらえると、嬉しいよ」

「これだけの本、選ぶだけでもたいへんだったんじゃない？」

「もちろんほかの人に手伝ってもらったし、いろんな手続きとかは社員さんがやってくれたから、私がやったのはもっぱら選書とかＰＯＰやフリーペーパー作るとか、そういうことだけ」

「フリーペーパーって？」

「宣伝用のチラシだけど……はい、これ」

愛奈はフェア台の近くに取り付けた箱からフリーペーパーを出し、峻也に手渡した。

「へえ……」

峻也は物珍しそうにフリーペーパーを裏にひっくり返したりしてじっくり眺めている。

「これ、文章自分で書いたの？」

「うん。知らない本もたくさんあったから、いろんな人に話を聞きながら書いたけど」

「すごいね。これだけの文章を書くってことがとにかくエライよ」

峻也の言葉には、いつものような皮肉な響きはない。いや、彼がシニカルだ、というのは自分の勝手な思い込みだったのだろうか。

「ありがとう」

「これ作ると、バイト代に上乗せになったりするの？」

「いや、とくには。それどころか家で作業するから、時給で言えばマイナス。……あ、でも店に強制されたわけじゃないよ。自分の趣味でやってるだけだから」

だから、書店はブラック企業――なんて思われると癪《しゃく》なので、慌てて補足した。

「やっぱりすごいわ、高梨さんは」

「えっ、何が？」

「なんかさ、俺らとちょっと感覚が違うってか。損得で動いてない感じなんだよね」

「それは……ちょっと馬鹿なんだよ。物好きっていうか。バイトでそこまでやることないのにね」

あまり人を褒めない峻也に褒められると、かえって調子が狂う。それに、下手なことを言って後から陰で笑われるのも怖い。それで、わざと卑下《ひげ》してみせる。

「いいや、そんなことない。なんというか、高梨さんって自分の世界を持ってるだろ。それってうらやましいってずっと思ってた」

愛奈は自分の頰に血が上るのを感じる。

峻也の目は澄んでいた。こんなにきれいな目をしていたっけ。

「何か、探してる本があるの？」

恥ずかしくなって、無理に話題を変えた。峻也も照れくさそうに視線を逸らす。

「とくにないけど……せっかくだから、何か選んでくれない？」

「いいよ、どんな本が読みたい気分？」

「正直に言えば、就活とは関係ない本。ここのところ、そんなんばっかり読んでたから。何か、気持ちがすかっとするのが読みたい」

愛奈は声を立てて笑った。

その気持ちはわかる。自分も、フェアのこともあって就活就活とそればかり考えていたから、たまには息抜きしたい気持ちだ。

「だよね。たまには全然違う本を読みたいよね」

「うん。およそ真逆の、ただ笑える本とか、バカバカしい本とか、そういうのが読みたい」

「じゃあ、小説とかでもいいの？」

「いいね。俺、ふだん小説読まないから、逆にそっちがいい」

「ちょっと待っててくれる？　いま、着替えてくるから。エプロンつけてたらほかのお客様に話し掛けられて、ゆっくり探せないし」

「あれ、じゃあ今日はもうバイト終わったの？」

「そう。ちょうど帰ろうと思ってたとこ」

それを聞いて、峻也の顔がほころんだ。

「じゃあ、ゆっくりつきあってよ。俺、あんまり小説のことわからないからさ」

「了解。五分で戻ってくる」

愛奈は駆け出すように更衣室に向かった。

もうすぐバイト期間は終わる。ふつうの大学生の日常に戻る。

リクルートスーツに身を包んで、説明会やら企業訪問やらに駆けずり回る日々が始まるだろう。

だけど、それもそんなに怖くない。当たって砕けたとしても、それで終わりじゃない。

ほんとうに大事なものはなくならないし、それが自分を支えてくれるだろう。

それに、悩んでいるのは自分だけじゃない。みんな同じように悩んだり、迷ったりしているのだ。それがわかったから、闇夜をひとりぼっちで歩いているような心細さはない。励まし合って、最後まで駆け抜けることができたら、それがいい。

そう。きっといろんなことが、これから始まるのだ。

もしかして、それは今日からなのかもしれない。

そんな予感に、愛奈は胸を躍らせていた。

解説――書店ガールたちに導かれて

山下有為《やましたゆうい》

幼かった頃、いつも寝る前に母親がお話を聞かせてくれた。しかし、母親の記憶を頼りに語られるおとぎ話はいつも曖昧《あいまい》なものだった。母親が話しながら睡魔に負けてしまい、私と弟は物語の結末になかなかたどり着けなかったのだ。そんな毎日に責任を感じた母親が買い与えてくれた『アリババと四十人の盗賊』は、私の記憶の最も古く大切な部分に残っている本である。そして今も実家の書棚に眠るその本を、帰省するたび四歳になる私の娘がパラパラとめくっている。まだひらがなもまともに読めないのに。

書店というのは親友たちとの出会いの場所だ。児童書にわくわくした幼い時代。子供向けの「怪盗ルパン」全集や那須正幹《なすまさもと》の「ズッコケ三人組」シリーズを読みあさったり、週刊の漫画雑誌を買いに走ったりした小学生時代。中学生になると、大人ぶってカフカの『変身』で思春期をわかったふりをしたり、椎名誠の『岳物語』で自分の父親とは違う父親像に憧れたりした。私は日々、近所の大型書店に通い詰め、様々な世界を雄弁に語ってくれる本との出会いに興奮していた。そして、その出会いから年月を経て、本たちとは心から理解しあえる親友とも呼べる関係になった。今も時間の隙間を見つけてはふらりと書店に入り、ベストセラーコーナーから専門書コーナーまでぐるりと店内を徘徊《はいかい》する。そして、何も探していなかったはずなのに、気になってしまった数冊の本を抱えてレジに向かう。この本たちともきっと親友になれるはずだ。ネット書店では味わえない出会いがリアル書店にはあると思う。しかし申し訳ないことに、書店員についての記憶は無い。

書店員は地味だ。誰にでも伝わるというわけではない棚作りに黙々と情熱を注ぎ、本の補充と返品、レジ打ちに明け暮れる。万引きに頭を悩ませ、客のあやふやな記憶を頼りに、本を探す。ほとんどの場合において、客は書店員の存在を意識することはなく、自ら本に出会った気になっている。たとえそれが書店員の緻密《ちみつ》な計算によって並べられた棚や、愛情のこめられたPOPによって、誘導された出会いであったとしても。書店員の仕事は殺人犯を追い詰める刑事のように派手な世界ではない。テーマパークのスタッフのように誰かの記念写真に一緒に写るわけでもない。しかし、書店員たちの、いかに本を素敵に見せるか、本の魅力を伝えるかというこだわりは、誰かの忘れられない記憶の一頁を作りだす可能性がある。そしてその記憶は、誰かの一生を左右する可能性だってきっとある。名も無き書店員のおかげで、私たちは様々な本に出会い、その世界に影響を受ける。

「書店ガール」シリーズで描かれているのは、この社会で働く大多数の人々の日常的な喜びであり、本音であり、悩みである。この本を手に取ったあなたの職業が書店員ではなかったとしても、きっとあなたの仕事にも共通している部分があるはずだ。かくいう私自身も、テレビドラマという一見華やかに思われがちな世界の裏側で、いかに視聴者の方々に楽しんでもらえるか、いかにそのドラマを魅力的に見せるかということに腐心《ふしん》しながら、たとえば脚本の打ち合わせをしながらつまむ歌舞伎揚の買い出しや、台本や資料の誤字脱字のチェックといった想像以上に地味な作業に明け暮れている。しかし、我々はそんな毎日にこそ誇りを感じ、仕事としてのやりがいを感じているのだ。そしてこのような小さな日常の積み重ねが、社会全体を動かすような大きなうねりにつながっているのではないか。これこそが働くということであり、生きる喜びなのだと、碧野圭さんはこのシリーズを通じて伝えたいのだろうと私は思う。

テレビドラマの企画会議に向け、何かヒントになる本はないだろうかと足を向けた銀座の書店で、『書店ガール』に出会った。軽い気持ちで手に取ったその本は、書店の仕事にプライドを持った女性たちの戦いの物語だった。慣れ親しんだ書店という場所の裏側には様々なこだわりが満ちていて、私は書店員によって緻密に演出された空間を愛していたのだということに初めて気付かされた。そして、そんな書店ガールたちの姿を私はテレビドラマとして描きたいと思ったのだった。

紆余曲折《うよきよくせつ》を経ながらも企画が通り、脚本家の渡辺千穂さんや総勢百名を優に超えるスタッフの皆さん、渡辺麻友さん、稲森いずみさんをはじめとする、駆け出しプロデューサーである私にとっては目も眩むようなキャストの皆さん、そしてロケ場所としてお店を快く貸して下さった丸善ジュンク堂書店の皆さん等々、多くの方々のご協力を頂き、テレビドラマ版の「戦う！書店ガール」が生まれた。きっとこれも、本に愛情を持って「書店ガール」を平積みにした、名も無き書店員が起こした世の中の変化なのだ。

『書店ガール』から『書店ガール３』までは、当初はペガサス書房吉祥寺店の副店長であったアラフォーの理子とコネ入社のお嬢様書店員、亜紀を中心に、書店ガール達のリアルな悩みと奮闘が描かれている。そしてこの『書店ガール４』では、理子と亜紀は伝説とも呼べるような存在へとステップアップし、彼女らの書店員としてのＤＮＡを受け継ぐ愛奈と彩加が、書店で働くということを通して、やはりリアルな悩みに直面している。ふたりの悩みはきっとあなたも通ってきた悩みなのではないだろうか。碧野圭さんの文章は読みやすく軽快でありながらも、私たちの心の奥に刺さった小さなトゲを炙《あぶ》り出す。そして、饒舌《じょうぜつ》なまでに羅列《られつ》される本のタイトルによって、その解決に向けたヒントが示される。まるでこの書店ガールシリーズ自体が書店であり、敏腕書店員である碧野圭さんの緻密な棚作りに導かれるかのように。

テレビドラマ版の「戦う！書店ガール」では、碧野圭さんの作り上げられた世界観は引き継ぎつつも、小説からヒントを得てもうひとつ大きなテーマを設定した。それはタイトルにも示されている「戦う」ということだ。立場も境遇も違う亜紀と理子がぶつかり、戦っていくということに加え、仕事に、恋愛に、人生に、生きることと戦っている姿を描きたいと思ったからだ。近年、戦うことはカッコ悪いことになってしまっているようだ。空気を読み、表面的な協調性を重視し、自分の意見を押し殺す。物事と向き合わないことがまかり通る。そして遂にはあきらめる。私は、人生の様々な困難や課題、もしくは目の前に出現する異なる意見や考え方に対し、それらを受け止め、咀嚼《そしゃく》し、前を向いて歩き出したい。そして端《はた》から見ると無様《ぶざま》で滑稽《こっけい》に見えるかも知れないそのプロセスこそが戦いであり、大切なことではないかと思う。この戦いがあるからこそ、我々は成長することができ、歩き続けていけるのではないかと思うのだ。そしてドラマ版で際立てたこの考え方は、小説の

「書店ガール」シリーズの中にも通じるものがあると感じられ、きっと碧野圭さんも同じように考えていらっしゃるのではないかと思っている。

この原稿を書いている今、ドラマは初回放送に向けて撮影の真っ只中。撮影現場の片隅で『書店ガール４』の原稿を拝読させて頂いていると、横に並ぶモニターの中で、亜紀と理子がそれぞれのこだわりを主張して戦いを繰り広げていたり、小説とはキャラクターの違う志保が笑っていたりする。小説の中だけに存在し、私たちが頭の中でイメージするキャラクターたちと、現実の俳優たちが演じるドラマの中のキャラクター達が重なり合う。この不思議な感覚は、きっと私だけの役得であろう。

末筆になりましたが、このような形で門外漢の私に貴重なページをご提供頂いた碧野圭さんとＰＨＰ研究所の横田副編集長、「書店ガール」シリーズを通じて出会うことのできた皆さん、そしてこのような出会いを巧みに演出して頂いた書店員さんに心より感謝申し上げます。

（関西テレビ「戦う！書店ガール」プロデューサー）

本書は、書き下ろし作品です。

著者紹介
碧野　圭（あおの　けい）
愛知県生まれ。東京学芸大学教育学部卒業。フリーライター、出版社勤務を経て、2006年、『辞めない理由』で作家デビュー。2014年、『書店ガール３』で静岡書店大賞「映像化したい文庫部門」大賞受賞。著書に「書店ガール」シリーズの他、フィギュアスケートの世界を描いた「銀盤のトレース」シリーズ、『情事の終わり』『全部抱きしめて』『半熟ＡＤ』などがある。また、小金井市を中心とした地域雑誌「き・まま」の編集にも携わっている。

著者ブログ
http://aonokei.cocolog-nifty.com/

ＰＨＰ文芸文庫　書店ガール４
パンと就活

2015年５月22日　第１版第１刷

著　者　碧　野　圭
発行者　小　林　成　彦
発行所　株式会社ＰＨＰ研究所
東京本部　〒102-8331　千代田区一番町21
文藝出版部　☎03-3239-6251（編集）
普及一部　☎03-3239-6233（販売）
京都本部　〒601-8411　京都市南区西九条北ノ内町11
PHP INTERFACE　http://www.php.co.jp/
組　版　朝日メディアインターナショナル株式会社
印刷所　図書印刷株式会社
製本所　東京美術紙工協業組合

ISBN978-4-569-76356-9

PHP文芸文庫

書店ガール

碧野　圭　著

「この店は私たちが守り抜く！」。27歳の新婚書店員と、40歳の女性店長が閉店の危機に立ち向かう。元気が湧いてくる傑作お仕事小説。

定価　本体六八六円（税別）

PHP文芸文庫

書店ガール 2

最強のふたり

碧野 圭 著

新たな店に店長としてスカウトされた理子が抱える苦悩。一方、亜紀は妊娠・出産を控え……。書店を舞台としたお仕事小説待望の第2弾。

定価 本体六六七円（税別）

PHP文芸文庫

書店ガール 3

碧野 圭 著

東日本エリア長となった理子が東北の書店で見たものとは。一方亜紀は出産後、慣れない経済書の担当となり……。大ヒットシリーズ第3弾。

定価 本体六六〇円（税別）

PHP文芸文庫

あなたに贈る×《キス》

近藤史恵　著

伝染病により「唇を合わせること」が禁じられた世界。先輩の死はその病ゆえなのか。少女が辿り着いた甘く残酷な真相を描くミステリー。

定価　本体六二〇円（税別）

PHP文芸文庫

午前0時のラジオ局

村山仁志 著

テレビからラジオ担当に異動となった新米アナウンサーの優。そこで出会った先輩の秘密とは？　温かくてちょっぴり切ないお仕事小説。

定価　本体七〇〇円（税別）

PHP文芸文庫

夏服少女からの伝言

午前0時のラジオ局

村山仁志 著

ラジオ局開設前からその建物にいた幽霊の少女。優たちは彼女を救うことができるのか。新米アナウンサーの成長を描く人気シリーズ第二弾。

定価 本体七二〇円(税別)

PHP文芸文庫

ビア・ボーイ

吉村喜彦 著

鼻っ柱の強い若手社員の俺。今日も売上最低の支店での酒屋回り。なんで俺が⁉ ビール営業マンの奮闘と成長を描く爽やか青春小説。

定価 本体六八六円（税別）

PHP文芸文庫

ウイスキー・ボーイ

吉村喜彦 著

ライバル製品の台頭。会社の看板に胡座を掻く奴。口だけの上層部。問題山積の宣伝部で闘う〝俺〟の姿を描く痛快エンターテイメント。

定価 本体七五〇円（税別）

PHP文芸文庫

おいち不思議がたり

あさのあつこ 著

舞台は江戸。この世に思いを残して死んだ人の姿が見える「不思議な能力」を持つ少女おいちの、悩みと成長を描いたエンターテイメント。

定価 本体五九〇円（税別）

PHP文芸文庫

桜舞う

おいち不思議がたり

あさのあつこ 著

お願い、助けて——亡くなったはずの友が必死に訴える。胸騒ぎを感じたおいちは……。大人気の青春「時代」ミステリーシリーズ第二弾！

定価 本体七五〇円（税別）

PHP文芸文庫

〈完本〉初ものがたり

宮部みゆき 著

岡っ引き・茂七親分が、季節を彩る「初もの」が絡んだ難事件に挑む江戸人情捕物話。文庫未収録の三篇にイラスト多数を添えた完全版。

定価 本体七六二円（税別）

PHP文芸文庫

あかんべえ

宮部みゆき 著

「ふね屋」に化物が現れた。娘おりんが屋敷にまつわる因縁を解きほぐしていくと……。宮部ワールド全開の時代サスペンス・ファンタジー。

定価 本体九二〇円(税別)